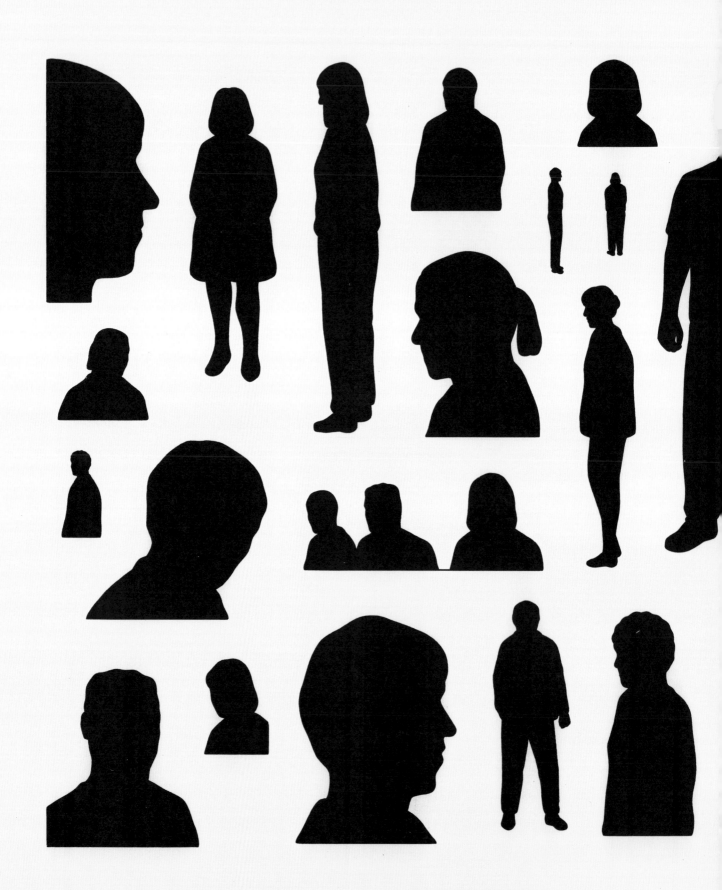

表演課　ACTING CLASS

作　　者	尼克·德納索 (NICK DRNASO)	發 行 人	涂玉雲
		總 經 理	陳逸瑛
譯　　者	宋瑛堂	編輯總監	劉麗真
責任編輯	陳雨柔	出　　版	臉譜出版
封面設計	馮議徹	城邦文化事業股份有限公司	
內頁排版	漾格科技股份有限公司	台北市民生東路二段141號5樓	
行銷企畫	陳彩玉、林詩玟、陳紫晴	電話：886-2-25007696	
		傳真：886-2-25001952	

發　　行　英屬蓋曼群島商家庭傳媒股份有限公司城邦分公司
　　　　　台北市中山區民生東路141號11樓
　　　　　客服專線：02-25007718；25007719
　　　　　24小時傳真專線：02-25001990；25001991
　　　　　服務時間：週一至週五上午09:30-12:00；下午13:30-17:00
　　　　　劃撥帳號：19863813　戶名：書虫股份有限公司
　　　　　讀者服務信箱：SERVICE@READINGCLUB.COM.TW
　　　　　城邦網址：HTTP://WWW.CITE.COM.TW

香港發行所　城邦（香港）出版集團有限公司
　　　　　香港灣仔駱克道193號東超商業中心1F
　　　　　電話：852-25086231
　　　　　傳真：852-25789337

馬新發行所　城邦（馬新）出版集團　CITE (M) SDN BHD.
　　　　　41-3, JALAN RADIN ANUM, BANDAR BARU SRI PETALING,
　　　　　57000 KUALA LUMPUR, MALAYSIA.
　　　　　電話：+6(03) 90563833
　　　　　傳真：+6(03) 90576622
　　　　　讀者服務信箱：SERVICES@CITE.MY

一版一刷　2023年3月
　　　　　ISBN 978-626-315-253-3
　　　　　版權所有·翻印必究（PRINTED IN TAIWAN）
　　　　　售價：580元（本書如有缺頁、破損、倒裝，請寄回更換）

ACTING CLASS

自我介紹一下吧。

哈，我想想看怎麼講才有趣，才能留下美好的第一印象。

抱歉，幾百年沒約會了，連怎麼閒聊都忘記。

沒關係。妳為什麼很久沒約會？

長久以來我一直自願單身。上一段感情滿慘的。

上一段感情？出了什麼事嗎？妳願意透露才說。

「慘」倒還不至於啦。他沒做錯什麼事。只是情路走到某階段，覺得再也受不了而已。

嗯。聽妳這麼說，我很難過。

我已經講太多話了。

不會不會。是我自己也想不出該講什麼吧。

有什麼藉口嗎？

哈哈，不知道。走來這裡的路上，我想著：「你可以隨心所欲自我表達，重新起步。」

可惜，現在坐這裡的我，覺得自己弄巧成拙了。

唉，你這樣自責，更無濟於事。

啊，妳說得對。我老愛事後自責！蠢斃了。

等我回來。

天啊。怎麼辦？好想溜走。

想想辦法啊。

酒來了。

隨意。

像這樣約陌生人出來見面，表示妳很容易信任別人吧？

什麼意思？

只是想認識認識妳。例如現在，我不懂妳在想什麼，妳也不清楚我有什麼居心。

不過我相信，你對待我很誠懇。

這點我同意！我以誠懇自豪。

我們在這裡做這種事，你認為是誠懇的行為？

別鬧了。

丹尼斯，別再演下去了，行不行？糗死了。

互相認識的過程很辛苦，不過我認為──

說真的，再演也沒用。跟我講人話。

我還以為，我們可以演出一點趣味。

我們一坐下，我就覺得好蠢。

那就算了。

對，做這種事很無聊。

你今天過得怎樣？

我，呃，今天去上班…幫妳領藥，然後…

我沒事了。別緊張。

對不起，蘿希。

你不必再演戲了。

我是真心的！我還以為這樣玩很刺激。

要我誠懇一點的話，我想說，我有點被侮辱到了。你是嫌我沒情趣嗎？

當然不是。在一起4年了，我找不到新鮮事可聊，心裡很害怕。

假如我們婚姻美滿，根本不會遇到這種情況。

我們可以重新開始嗎？

不然我們坐這裡幹嘛？

馬科斯，你想立志做什麼都行。
我們一起來，創造世上獨一無二
的東西。
我內心有一股排山倒海而來的感
恩，也有一股無窮盡的潛能。
我要記住此時此刻，3 月 15 日，
9：30。你三歲半，我快三十了。
事事都如意。

你長大還會記得這公寓嗎？
有時，我從你的視角看家裡的物
品，人生頓時少了一分平淡無奇。
我敢打賭，如果我抱你靠近那盞
燈，燈一定會突然莫名其妙多了
一分意義。你也會和它建立一段
終生斬不斷的依戀。

問題就在這一點。
年輕時，凡事都充滿意義。
人一老，一切都無意義。
我看它，只見到一盞我在別人舊物
出清時便宜買到的燈。

將來，我會懷念像今晚這麼幽靜的時光。
你有所不知，你有一份成人終生追尋不到的
特質：盡其在我。
活著並沒有那麼複雜，我在後院路過那群野
兔不看，常被無聊小事分心。
馬科斯，有句話我想對你說，你不一定能懂。
我能幫你掌握這一刻，你能反過來幫我重拾
這一刻。我只求你別變，也不要輕信其他成
人的言語。

是這樣的：小孩懂得怎麼去感受，
可惜小孩不會思考。
成人懂得如何思考，可惜感受不到
什麼。不准告訴別人哦。
我是一座人間少有的橋樑，能協助
你闡述心情，而你可以帶我用童眼
看世界。小時候我沒辦法對父母傳
達這意思，所以我才這麼做。

你大了，我愈來愈抱不動，害我好
想哭。
以前，我常對著你連續講半天。
以前你是我的小治療師。
現在，你已經會頂嘴了，而我有時
沒法子回應。等你大到能作主，我
怎麼辦才好呢？我當然能應付。
我絕對不因此而煩惱。

其實，我等不及看你有什麼志向。
從你牙牙學語，我已能意識到一股
好奇的求知慾。
是趁現在朗讀一些經典書給你聽，
或是把書擺進你房間讓你自己去發
掘？假如我讓你多接觸一些好音
樂，將來你會不會賭氣討厭那類曲
子？唉，天啊，長大後，你會不會
恨我？

實在不可能恨吧。
除非，你出現情緒障礙。
到時，我們可以母子交心，我可以
帶你去看醫生。我保證自己會盡量
客觀，但到時候我會痛苦到極點，
現在連想都不願意想。我只求你不
要學當年的我和爸媽撕破臉。你我
的情況跟他們是兩回事。

難題來了。
我口渴，但我不想放下你。
我想維持這動作，可是手好痠。
遲早，電話會響，警笛聲會呼嘯而
過，破壞當前的氣氛，我們只好去
睡覺，明天和今天的差別會小到微
乎其微，最後你會長大成人，母子
可能認不出彼此。

那也沒什麼大不了。
我想效法你，向你學習
盡其在我。你的態度好
安詳。
人生多美好。
再維持幾分鐘吧。

媽？

什麼事，馬科斯？

客廳角落那男人是誰？

9

妳另外還想要什麼嗎？

不用了，你們真懂得招待客人！我想不出還能要求什麼。

潔西，她怎麼還不走？

我再三暗示她該走了，態度已經夠明白了。

要不要我去請她走？都凌晨 4 點了。

我非上床不行。屋外的小鳥都起床唱歌了。

好吧。

呃，安琪，再次謝謝妳光臨。也謝妳送我們那瓶酒。我們想留到好日子才開瓶。

那瓶還可以吧？同事叫我買的。我好怕去買酒，因為店裡的種類太多了，我也擔心會打破什麼東西。

今天我去買酒，店裡有個男人請顧客試喝伏特加，讓我覺得渾身不自在。我不知道該說什麼，也擔心自己不禮貌，結果講太多話。他整天都得應付長舌婦吧。我急著找藉口空手離開，反過來又自認耗掉他太多時間，於是買了一瓶 40 美元的伏特加 * 。

哇，呃，沒必要吧。那——

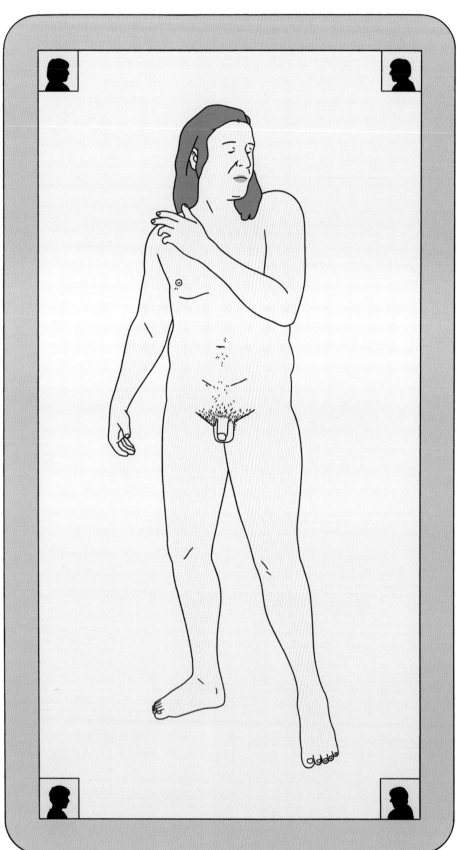

好高興妳今晚能來插花。妳外婆是本班超級巨星。

有什麼感想嗎？

哦，滿好玩的。

想不想報名上課？

還不確定。

我們家貝絲嘛，從小就像海綿，學什麼就懂什麼。

萬事通嗎？能萬事通真好。
該走了，掰掰。

對。
只差還不知道她該精通哪一項。

對不起，蜜糖，把妳當成不在場似的講妳。

沒關係。

謝謝大家。

謝謝你，湯瑪斯。今晚表現不錯！

湯瑪斯，我介紹孫女貝絲給你認識。

你真有本事啊。我不懂，你怎麼有辦法讓肢體顯得那麼自在？

這嘛⋯⋯我也不知道。感覺很不錯。

我們剛在談論貝絲。她明顯具備不少潛能，只欠沒發揮的管道。

我想報名參加一個表演課程，那課程也能幫助學員發揮創意和其他很多東西。

真的？

朋友的朋友介紹的。他說上了課，整個人生觀都改變。

頭四堂課免費，不過他說，每個學員後來都繳費繼續上課。

地址我有，在市區最南邊，我搞不清楚在哪裡。

哇。妳覺得呢，貝絲？

好像很有意思。

我下禮拜告訴妳詳情。妳會再來上這堂課吧？

會吧。

好極了。幸會。

晚安。

他很親和，對吧？妳剛覺得他怎樣？

我喜歡勾畫他。

貝絲！妳有時太愛搞笑了！

14

不是他生日吧？如果他提起，我們應該知道才對。

我不曉得。跟他同事這麼多年了，他從沒請人吃甜點。

不錯嘛。誰請吃餅乾？

盧。
你嚐嚐看吧？
哈。

惡作劇嗎？

沒事。我只想拱你當白老鼠。

怕什麼怕？感覺上，他滿正直的。

你還是個菜鳥，對不對？他是個千面人。

少來了。有啥好擔心？

我什麼也沒講哦，只覺得你應該先試吃看看。

拿一個
一塊0.0元

待會兒再說吧。我想抽根菸。

不見棺材不掉淚。

嗨，東尼。

哦，嗨，盧。

表演課

獨一無二的新機會
歡迎男女老少參與

17

8點了，隨時可能開始上課了，蜜糖。

妳兒子都三歲囉？會講話了吧？

這一帶的老房子給我很多感觸。
我好想住進其中一間，然後養一群狗。

你聽過別人推薦這門課？
我們無論什麼都願意試試。

孩子託我阿姨帶。
她命令我出去走走，多交幾個朋友。

煉鋼廠的工人以前都住這一區。

哈囉，
大家好。

哇，不得了。能湊成一班了。
感謝大家來上課。

緊張的人請舉手。

我也緊張。這一刻總讓我神經緊繃，
不過我樂在其中。

我先說一聲。這堂課沒什麼玄機，
所以各位別給自己壓力。

教這堂課多年來，我不斷觀察到的現象只有一個：
人人都有特點，全都無法複製。
所以，大家抓住這重點準沒錯。

我真的很喜歡教這過程。從事這一行很不錯。大家今晚齊
聚一堂，想一探究竟，我很欣慰。第一堂課總讓我興奮以
對，因為每一班學員都不一樣。我期望能和大家合作愉快。

開場白講完了。各位有沒有問題問我？

你的背景
是什麼？

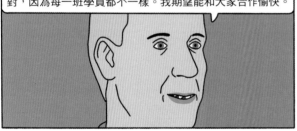

我進教育界超過 35 年了，
足跡遍及全國。

我們會不會看過
你什麼作品？

不會吧。很久以前，我就明瞭舞台上難以
發揮我的獨特性。還有其他疑問嗎？

你叫什麼名字？

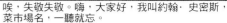

唉，失敬失敬。嗨，大家好，我叫約翰‧史密斯，菜市場名，一聽就忘。

對了，我想到一個要點。自我介紹無數次了，我有時會忘記介紹關鍵細節。

我示範一下這道理。能不能邀妳參與呢？妳叫什麼名字？

蕾安。

很高興認識妳。麻煩妳幫我代課一下子。

呃？什麼意思？

就直接告訴大家妳的來意。介紹妳自己。

我嘛，我說過，我名叫蕾安。我剛過三十歲生日。然後，呃…我喜歡烹飪。

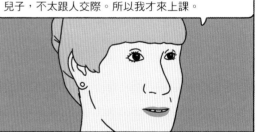

我來這裡是想多多認識別人。我創意豐富，喜歡製作小玩意。平常，我差不多就上班，然後陪陪三歲兒子，不太跟人交際。所以我才來上課。

好吧，我繼續講下去。我剛剛地板坐到腿麻木了，現在覺得站姿好奇怪。

哈哈。

我的手心好像長了一個疣，害我好自卑。跟你們握手，假如害你們也長疣，我很過意不去。

呵呵。

哈。

21

太好了！
感謝妳。

太能證明我想講的道理了。
大家是不是都能體會「即興」的道理？

蕾安在缺乏台詞的情況下，
言語能自然傾瀉而出。

可以麻煩幫我示範下一個道理嗎？
怎麼稱呼妳？

貝絲。

很高興認識妳，
貝絲。

這次換妳扮演蕾安，盡可能重複
她剛講的話。

好。我名叫蕾安。我來這裡是因為
我需要出來走走，認識別人。

我整天待在家帶貝比，然後，呃，
我的腿麻木了。

然後，如果你被我傳染到疣，
我很對不起。

懂了沒？
她有沒有表現出誠摯心？

貝絲上台多麼鎮定啊，我不得
不佩服，大家也從她學習到一
點東西。

謝謝妳。抱歉剛叫妳上台。
大家用力鼓掌！

我們繼續。

坐最後面的年輕
人。你叫什麼？

尼爾。

說不定，昨晚你失眠，也因為怕上台？
怕面對滿堂陌生人，講不出話？

對。

這群陌生人剛剛在內心怎麼評判你？
我們問問看。怎麼稱呼妳？

蘿希。

嗨，蘿希。針對尼爾的表現，妳有什麼看法，說來聽聽吧？

我嘛，別人有什麼感覺我不清楚，我倒是默默替他加油。

你剛沒必要覺得彆扭，不過台下的我講得可輕鬆多了。

對。

我完全認同。

尼爾和蘿希能兩三句直擊這關鍵，我很慶幸。
我們必須正視怯場的老毛病，祛除木頭人症，別讓言語再卡在喉嚨裡。

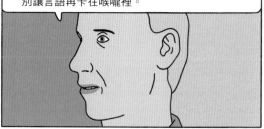

上台一見觀眾，忍不住心想，「他們想看什麼好戲？為什麼我雙手動作這麼怪？」

很遺憾，這現象無從避免。我不教你們強打起自信。上台難免會不自在。

學到的啟示是：怯場又怎樣？你不是還站這裡嗎？

對。

所以，用不著擔心！
多練幾次就沒事。

接下來，我們能再探討哪一點…

動動腦。

嘖嘖嘖

有哪兩位自願上台？

嗨，我叫湯瑪斯。

謝謝。很高興認識你。還缺一個。

妳剛不是舉手了嗎？

沒有。不過，我可以自願。

我叫丹妮耶爾。

很高興認識妳。

請兩位臨場表演一場短劇。

丹妮耶爾，妳演上司，湯瑪斯，你來演她的部屬。

其餘由兩位決定。

好。

各位可能覺得會不會進展太快了，才剛起步就學飛。不會。教表演，我不贊成故弄玄虛。

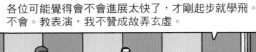

我從經驗得知，最好驟然起手，邊做邊破解疑難。

話說回來，其實不重要。可是，其實很重要，再話說回來呢，不重要。會不會愈描愈黑了？

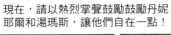

現在，請以熱烈掌聲鼓勵鼓勵丹妮耶爾和湯瑪斯，讓他們自在一點！

加油！

好！請你去走廊等一下。你一敲門，表示短劇開始。

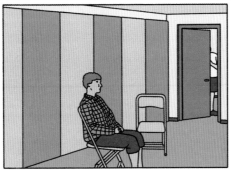

喂，要我幫忙找什麼東西嗎？

不用。我只是在準備。

好，保重。

進來。

湯瑪斯，嗨！請坐下。

哦。哈囉。

你好。要不要來點什麼？來一杯水吧？

不必了。我正在忙妳交代的那專案。

哦，很好。非常感謝你。

妳找我來，有什麼事嗎？

呃，我想先表達自己有多麼感激你的辛勞。

好。

謝謝妳。

這些年來，很榮幸能認識你，跟你合作。

好。

另外呢，

這事真難啟齒。

你一直是個寶貴的員工，可惜，基於企業重組的關係，公司正考慮——

26

我耳朵聽錯了嗎？

先等一等——

開什麼玩笑！

我為妳賣命這麼久了?!

還幫妳撒謊?! 幫妳收拾爛攤子?! 幫妳擦屁股?!

媽的，這世界沒天理！

先別走。

我受夠了！

湯瑪斯。

我想喝一杯！

了不起。

回來吧。

非常感謝兩位破冰。很不容易。

剛才挺有意思的。全場沒人敢說自己沒聾耳朵吧？

我想回到丹妮耶爾開場的部分，因為大家可能漏看她的表演。

湯瑪斯，你勇於表現值得敬佩，不過恕我直言，你剛好像搶了她的戲。

剛開始嘛，我揣摩這角色的心情，大概以為他會直接氣炸。

這角色是誰的寫照？

呃，我。

你被開除過嗎？

對。

過程像剛才？

不是。

啊哈。這麼說來，你演的是當時想罵上司的情境？

大概吧。

確實的狀況怎樣？

收回。先別講，最好表演給大家看。

丹妮耶爾？麻煩妳從頭再來，好嗎？

嗨，湯瑪斯。要不要來一杯什麼？

不用了。

我只想說，我感激你付出的心血。

謝謝。

這些年來，跟你合作是件很愉快的事。

嗯嗯。

有件事很難啟齒。公司想裁員，想必你聽說了吧？

有。

是的，呃，我非常難過。

公司打算解雇你。

不會吧。

今天嗎?

是的。請你繳回置物櫃鑰匙和通行證。

是我聽錯了嗎?

這不是我的決策,是上級在名單中間畫一條線,決定解雇名單最下面的所有人。

我很難過。如果你想找人寫推薦函,我很樂意幫你寫。

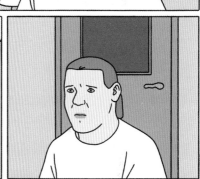

你不介意的話,我今天還要再找幾個人進來談話。

對!

丹妮耶爾,憑直覺表演得太好了。湯瑪斯,轉變好鮮明。

熱烈掌聲鼓勵!

好，彼特。
我想伸展你的手臂，你受不了要講一聲。

好了好了，
別再拉。

好！

換手再來。

對面那家麵包店好香喔，你嗅到沒？
天啊，我好愛這香味。

我抽菸。什麼也嗅不到。

犒賞自己一下嘛。做完復健，
你可以過馬路去買法國麵包。

唉喲！痛。
好痛。

好。進步不少。記得結尾的運動是什麼嗎？
要不要我示範？

妳的那傢伙彼特，這禮拜表現怎樣？如果
他還是很難搞定，下禮拜可以換我上場。

他還好啦。我還應付得來吧。

有好消息喔。

什麼？

這位是珍娜。她每星期能支援幾個晚班。

嗨。
那太好了！很高興認識妳。
我叫蘿希。*

在妳走之前，能麻煩妳培訓她嗎？

* 丹尼斯妻。

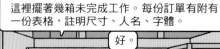

沒問題。
小妹妹，這裡請。
謝謝。

這裡擺著幾箱未完成工作。每份訂單有附有一份表格，註明尺寸、人名、字體。
好。

妳暫時可以坐我旁邊。

這裡有各式各樣的小玩偶，不過這一個滿典型的。

看見沒，名字寫在這部位。
嗯嗯。

我們只要提起筆，參考字體簿…

細心在衣服上面寫名字。
嗯。

寫好了。
就這樣？
就這樣！

哇，好。我應該做得來。

拿筆寫習慣了，就沒什麼大不了。
你值班一次，應該能寫三百個。

David

做得傻裡
傻氣的。

別太注意它們。愈看愈覺得它們用笑臉在揶揄妳。

就把寫字當一場遊戲吧，寫得端端正正，一眨眼就下班了。

妳在這裡上班多久了？
3 年。

喜歡嗎？

我老早就領悟到，工作歸工作，不要影響到自尊。

敲門態度要愉悅。
手不能插口袋，因為民眾不喜歡。
不要瞪著對方看。
不要搖頭晃腦。

不要再敲門。
不要湊近窗戶往裡面看。
對方講話時不要自咬頰肉。
舉止不要引人疑心。要畢恭畢敬。
要講謝謝，但不能一直講。
要請求，要建議，不要乞求。

好。接近門口時放慢腳步。
輕輕對著窗內擺擺手。
放鬆臉皮。

你好。

* United Community Food Pantry

嗨！我叫尼爾，
正在幫聯合社區義糧會＊募款。

本會正舉辦年度捐款活動，
想邀請社區鄰居共襄盛舉。

捐款全數用來購買批發糧食，然後轉贈低
收入戶。捐款無論大小，我們都歡迎。

哦，老兄，
很抱歉。

即使少少 5 美元，
我們也感激不盡。

抱歉，我沒現金。

我可以給你一張傳單嗎？這上面有本會地址
和號碼，盼你能回心轉意。

不用了。
我知道地點。

不然，拿去公司
張貼也好吧？

34

我是卡車司機。

好的，先生。
打擾你了。

好。

可以把傳單放進你郵箱裡嗎？

操你的，欠幹的驢腦袋。
不趁你呼呼大睡回來砍爛你的
臭臉，算你走運。
連你的兔崽子也全宰掉。
自私又無知的牛逼。
把老子當成無三小路用。

隨便你，
朋友。

才募到 12 美元，哪有臉回去？
欣西雅一看到這數目，要是又
擺臭臉，我一定火山爆發。
走完這條街之前，只要有人捐
大錢就好了。
我還剩 20 張傳單。
還有 1 小時才天黑。
辦得到的。

約翰老師說，想克服難關，只需
把自己想像成一個能迎刃而解的
角色，所以接下來這鐘頭，我不
叫尼爾，名字變成帕屈克。

我的家庭生活美滿，本業是鋼琴
修復師，家裡養了一群雞。
我考到飛行員證照，有著滿頭捲
髮，滴酒不沾，我分手的對象全
都把我當朋友看待。
五歲那年交到的朋友至今仍是麻
吉。生氣從來不動手腳。

休閒時間寶貴，我卻堅持用來服
務鄰里。
只要你撥給我 1 分鐘，我保證你
會受我的人設吸引，不肯讓我離
開你家門廊。
我不會拿這份魅力來炫耀。
有些人天生就這樣。

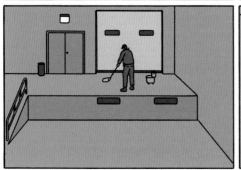

看看他的動作。流暢又有節奏感。像個舞者。

進出貨物區是他的舞台。
看看他如何駕馭舞台。

沒什麼訣竅。一切盡其在我。

這正是大家上台表演的要領。現在懂了嗎？

好酷。

我喜歡想像這人的人生，
想一窺他的生活樣貌。

家裡有誰在等他？
失眠時，他的思緒往哪裡飄？

他是真人啊，你想知道，
不妨下樓當面問他。

我比較喜歡維持一點神祕感。

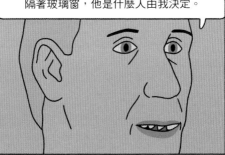
隔著玻璃窗，他是什麼人由我決定。

嗨，韋德！

哦，嗨！什麼事？

我們只是在欣賞你的手工。

謝謝大家，謝謝大家。

我們還能用球場嗎?

我把門開著,只等你們進來。

我猜,各位來上課,是覺得跟社會格格不入,對不對?

什麼意思?

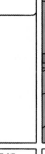

不會吧?你們有這特點,連自己都不清楚嗎?我其實是在讚美各位。

照著傳單出席免費課程的人,通常靜不下心,尋尋覓覓。

各位來,是因為人生出了差錯,對不對?如果一切都好,應該會心滿意足,每晚以電視為伴。

我持反對意見。

說來聽聽吧,葛洛莉亞。

我們來這裡,不是因為我們有什麼毛病。想上課學個技能,又有什麼不好?

我不是這意思。
我最不願被各位誤解。

我教課 35 年了，各位以為我只為了羞辱陌生人？
要罵陌生人，我搭公車就能罵個夠。

各位來上課，原因和我教過的每一班學員一樣：
大家都覺得正常生活脫軌了，想另闢一番天地。

你指的正常是什麼？

我也不清楚。我已經沒概念了。在吧檯坐高腳椅，
把配偶當空氣，跟別人談笑？主觀意見愈來愈強硬？
更慘的是，變得完全沒意見？

所以現在，我希望各位認清，大家來這裡，不是想
搞陳腔濫調。而且大家要記住，門開著，不合胃口
儘管走。下禮拜如果只有我來，我也不會感冒。

呃，那倒也不盡然，不過呢，我愈扯愈遠。
我保證接下來的課程全以各位為主。

我們先為今天的課程
分配角色。

今晚不再分演員和觀眾，人人都要表演，
全程不能出戲。

好，請大家
背靠牆壁站。

各位有什麼要求嗎？

我可以跟老婆配對嗎？

為什麼？

可以演成年輕人
頭一次約會。

真實生活裡不是
發生過了嗎？

不如這樣吧，丹尼斯——想像一個聚會的場合，你頭一次遇見安琪，對她一見鍾情。

安琪，妳的個性放浪不羈，不服從權威，動不動叛逆，來去自如，常想逃避責任，定不下心。

好。

今晚妳參加這場枯燥的晚會，被這個陌生男子搭訕糾纏。

設定好了。這樣演起來，應該很有趣。

蘿希，妳正好也來這場晚會——各位其實全在場。妳遠遠瞧見蕾安。

深深受她吸引，不過蕾安，妳有心事，想不想吐露隨妳便。

過來這裡，我來設定妳有什麼心事。

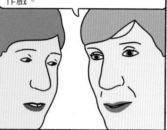

開演之前，我先畫蛇添足聲明一句：我愛安琪愛得死心塌地全是作戲。

謝了，丹尼斯。你見我追別人，也不要吃醋。

不會，當然不會。我壓根兒沒想過。

好。剛講到哪裡了？

對了，貝絲，妳是主人，很擔心客人玩得不盡興。

葛洛莉亞，妳住貝絲樓下，是她的房東。

湯瑪斯，來這裡。你的角色不能向其他人公開。

想不想接受挑戰？

你要我怎麼演？

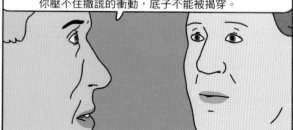

你演一個騙子兼小偷。你能迷倒客人，不過你只有一個野心，就是騙得別人團團轉。你壓不住撒謊的衝動，底子不能被揭穿。

哇，好。
我有種說不出的感受。

有困難嗎？不過是演戲罷了。
而且，精采故事的精髓正是衝突。

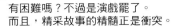
也對。

你別太在意。我分配這角色給你，
是信得過你的演技。

哦，謝謝你。

不好意思，各位。湯瑪斯是個
正直的男人。大家只需明白這
一點就好。

丹妮耶爾，妳的貓剛死了。
現在妳喝醉酒，很憂傷。
黃湯一下肚，妳會變得鐵石心腸。

尼爾，你來這裡幫丹妮耶爾打氣，
只不過，你不太會跟人交心，
不懂該怎麼安慰她。

好，盧，希望你能接受。
我請你扮演貝絲的狗。

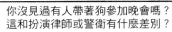
什麼？

沒什麼奇怪吧。
你不喜歡狗嗎？

喜歡，不過，我怎麼演狗？

你沒見過有人帶著狗參加晚會嗎？
這和扮演律師或警衛有什麼差別？

我盡力
看看。

你一定能
演得不錯。

場景是一場聚會，所以請大家多多交流，多多探索。
用不著硬照我設定的角色去演。設定只具有潤滑作用。

你飾演什麼？

我是玻璃窗外的觀察者。

準備就緒就可以開場。

別害羞。盡情表演。

各位能光臨我家，我好榮幸。請大家高高興興吃吃喝喝吧！

有誰還要什麼東西嗎？葡萄酒夠不夠喝？

妳家真不錯。

請。

謝謝妳！那幅畫是我剛掛上的，妳覺得合適嗎？

我好喜歡。妳家氣氛很棒。好朋友這麼多。能來這裡是我們的福氣。

是我的福氣才對。

來，這是我自己做的杯型蛋糕。用愛烘焙的。嚐嚐看！

貝絲老是忙著做點心。我的鄰居當中，最好的一個就是她。

嗯，好好吃。

有沒有遇過恐怖房客？

天啊，有。40 年來，我見過無奇不有的怪咖和墮落者。

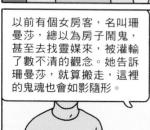
以前有個女房客，名叫珊曼莎，總以為房子鬧鬼，甚至去找靈媒來，被灌輸了數不清的觀念。她告訴珊曼莎，就算搬走，這裡的鬼魂也會如影隨形。

珊曼莎漸漸以為我知情不報，認定我用靈力控制整棟房子。在她搬走之前，她還想告我重創她身心。

哇。

搬走後，她連續幾年騷擾我，說她一直被惡魔纏身，跪求我趕走它們。

老天啊。

我一個鬼也沒見過。

另外有個男房客爬上鄰居的屋頂，從窗戶偷窺，再給我出一個難題。

還有一堆常見的困擾，例如音樂太吵，惡貓發瘋。

我想再來一杯。

廚房裡有，請便！

蘿希？再來一個小蛋糕吧？

不了，謝謝。

妳叫蕾安，對吧？

還好吧？

挺好的。

我們以前好像見過面。我記得妳長相。

好像是在這樣的場合吧…

43

有可能是。

那幅駿馬圖，我覺得是照號碼塗色的玩意。哈。

妳沒事吧？我知道我跟妳不熟，不過妳顯得──

我好想上廁所。

我一直想告訴妳，我覺得妳上禮拜的表演很精采。

哦，能談實際發生的事嗎？不是照設定情境表演嗎？

總要談些能共鳴的東西吧？更何況，老師又能怎樣？我們應該能隨心所欲自由聊。

也對啦。

謝謝妳。

對，我看得出神了。妳一聽見診斷，整個人呆住了，壓抑的態度演得好傳神，從妳眼神看得出來。

謝謝。我不知該說什麼。

演得很棒。我只想趁現在告訴妳。我真的很敬重妳的創意。我不常輕易讚美別人。

哈，謝了。

跟妳聊天很愉快。對了，這裡來了幾個我不常見的人，我想過去聊聊。

再接再厲。

也祝你。

能借一支菸嗎？

謝謝。

也能借火嗎？

我叫丹尼斯。

妳呢？

安琪。

很高興認識妳。妳怎麼認識貝絲？

不認識。我只是莫名其妙就來了。

也好。我認識貝絲好幾年了。她很會做人。

很棒。

哈哈。

笑什麼？

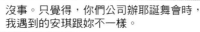

沒事。只覺得，你們公司辦耶誕舞會時，我遇到的安琪跟妳不一樣。

耶誕舞會？我太常換工作，都沒做到能參加什麼狗屁耶誕舞會。

哦對。我因為本來就認識妳，所以搞混了。

就算你認識我，我也不認識你。

哈。對，對。這樣吧，妳老家在哪裡？

在一個大家都不聊這種沒營養話題的地方。

你個性很死板，知道嗎？

唉，正需要一個人像這樣點醒我。很新鮮。

對，你真的很沒趣。認識你這麼多年，從沒聽過你講一句有趣的話。

唉，現在換我搞錯了。我從沒認識你才對。抱歉。

沒關係，我能接受。

我想去多找幾個人聊。很高興跟妳聊。

想說來看看你們。怎麼了？

對丹尼斯講得有點太過火，好像弄巧成拙了。

不會，那才好！

天啊，剛才講得好過分。

妳演的是難搞定的角色，很貼切啊。

他向蘿希告狀怎麼辦？在公司，我每天都會遇到蘿希。

我意識到，妳的個性容易緊張。

現在才發現嗎？

哈哈。

所以我才精挑妳扮演這角色。

我敢說，偶爾不禮貌、耍耍賤、不理別人有啥觀感，感覺很爽吧。

是有點好玩，不過，我沒必要毒舌。

那是安琪的觀念。叫她暫時滾得遠遠的。

看樣子，妳玩得挺開心的嘛。

嗨，丹尼斯。很高興又見到你。

剛才那鬼故事滿恐怖的，對吧？

對

讓我想起我作過一個夢，夢裡妳有靈異力，不過妳只用來整我。

哈。

沒什麼大不了的。東西自己會移動。門突然鎖死。把我的鞋帶纏在一起。

嗯。這就怪了。因為我不太認識你。

嗯，怪就怪在這裡。

夢裡，妳跟我是夫妻。

所以我要為你夢裡的我的言行負責？

什麼？我只是尋妳開心而已。

小盧！過來過來，小朋友。

哈囉！嗨，乖寶寶。

是誰啊？

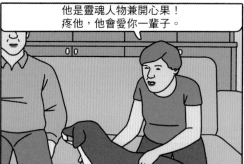
他是靈魂人物兼開心果！疼他，他會愛你一輩子。

小盧，他是誰？是丹尼斯嗎？你的新朋友嗎？

嗨，小盧，好孩子。

噢，他喜歡你！

我想去喝一杯。幫我保留位子，小盧。

好乖。

大家想不想玩「破冰遊戲」？有次聚會我玩過一遍，超好玩。

逼不得已要殺人，你下得了手嗎？
假使真的逼不得已，你會下什麼毒手？

哇，老天爺啊。

哈。

咦。你指的是行刑，或在街上濫殺無辜？

隨便你。

可不可以是我們認定該死的人？

當然。

會被抓嗎？

不會。這遊戲裡沒有法治。

是在玩腦筋急轉彎嗎？要是我們回答「下得了手」，就中計了？

玩的是在假設情況下腦筋怎麼走。你們肯不肯動手呢？

我先答。我下得了手。

前提是，對方正要殺我，或者殺另一個無辜的人。

對。

啊，假如對方剛犯下慘案呢？你會為了伸張正義而殺人嗎？

不會。

我不確定。

嗯，八成會吧。

哈哈。

很有意思。第二題：你會怎麼動手？

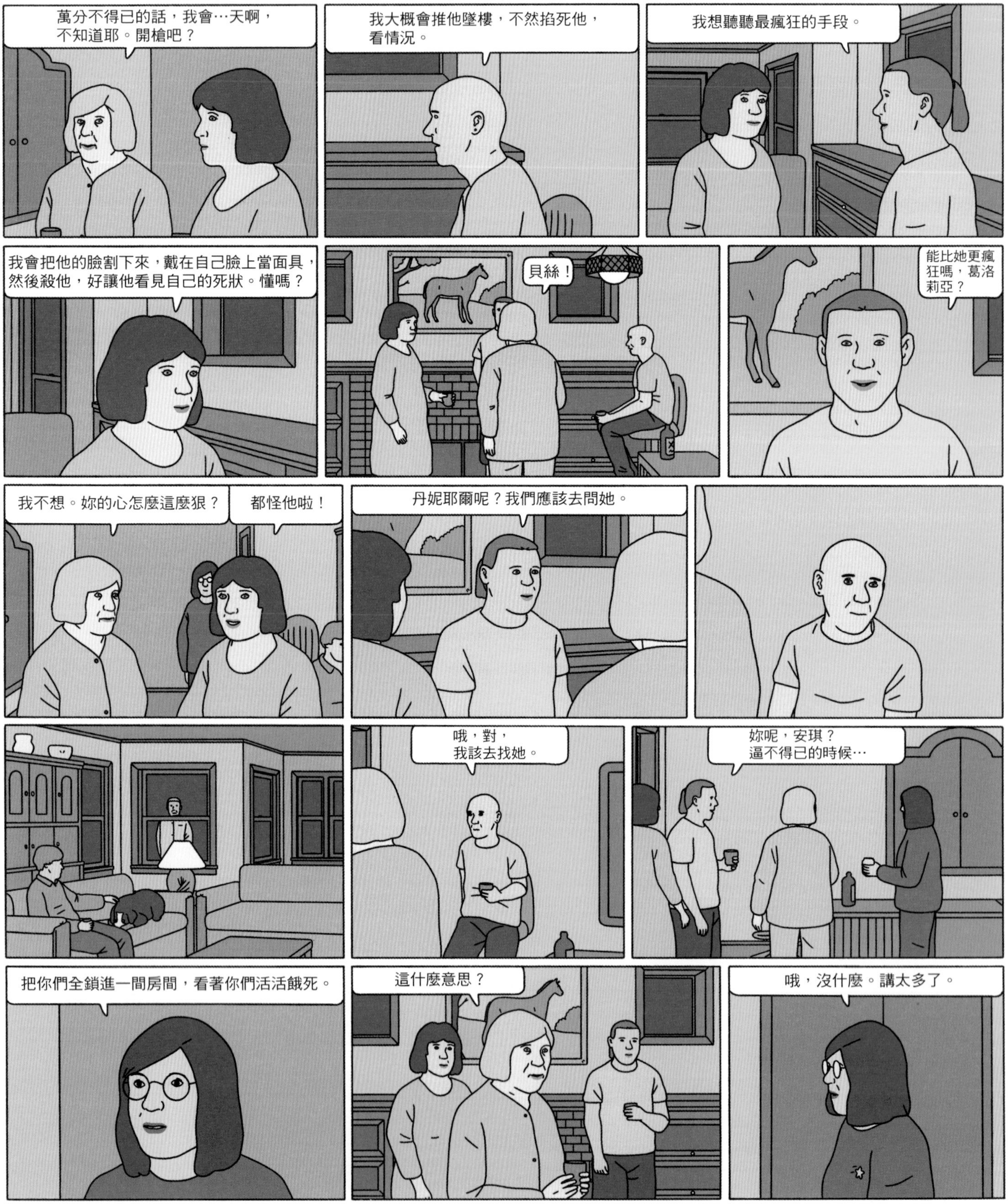

萬分不得已的話，我會…天啊，不知道耶。開槍吧？

我大概會推他墜樓，不然掐死他，看情況。

我想聽聽最瘋狂的手段。

我會把他的臉割下來，戴在自己臉上當面具，然後殺他，好讓他看見自己的死狀。懂嗎？

貝絲！

能比她更瘋狂嗎，葛洛莉亞？

我不想。妳的心怎麼這麼狠？

都怪他啦！

丹妮耶爾呢？我們應該去問她。

哦，對，我該去找她。

妳呢，安琪？逼不得已的時候…

把你們全鎖進一間房間，看著你們活活餓死。

這什麼意思？

哦，沒什麼。講太多了。

50

哈哈，開玩笑的啦。看你們被嚇成那樣。

我該走了。
很高興認識大家。

妳要走了？

有個朋友要載我去肯塔基州。
就當作我今天沒來。

再見，安琪。
演得好棒哦！

欸，妳怎麼孤伶伶坐外面？

嗯，抱歉。心好苦，待不下去。

瞭解。

我不停回想起帶她去看牙醫那天。她神智變得好恍惚。

那一針戳下去的當兒，她抬頭直直看我，眼神充滿恐懼，好像忽然明白自己的下場。

可憐的寶貝。剛搬來這裡不久，我從公司的捕浣熊籠裡救她出來。

對，妳對我提過。

嗯，妳陪她渡過美好的一生。

可惡。

可以幫我端一杯嗎？

要不要來一口真正的好料？

什麼酒啊？

沒什麼。波本而已。

哦，那不用了。

抱歉，我只是覺得妳想澆愁。

他覺得這樣練習對我有好處。

搞什麼狗屁啊？

別罵他，我沒事了。

哇，剛才好激動。

咻。

馬科斯正在床上睡大覺。我回家想親親小臉蛋。

可是，他太扯了吧。怎麼叫人演這種戲？

吸鼻涕

還好啦。我只慶幸演完了。哈。

奇妙的一夜。

晚會辦得不錯吧？

我只是太入戲了，擔心自己沒好好帶小孩。不過，我現在沒事了。

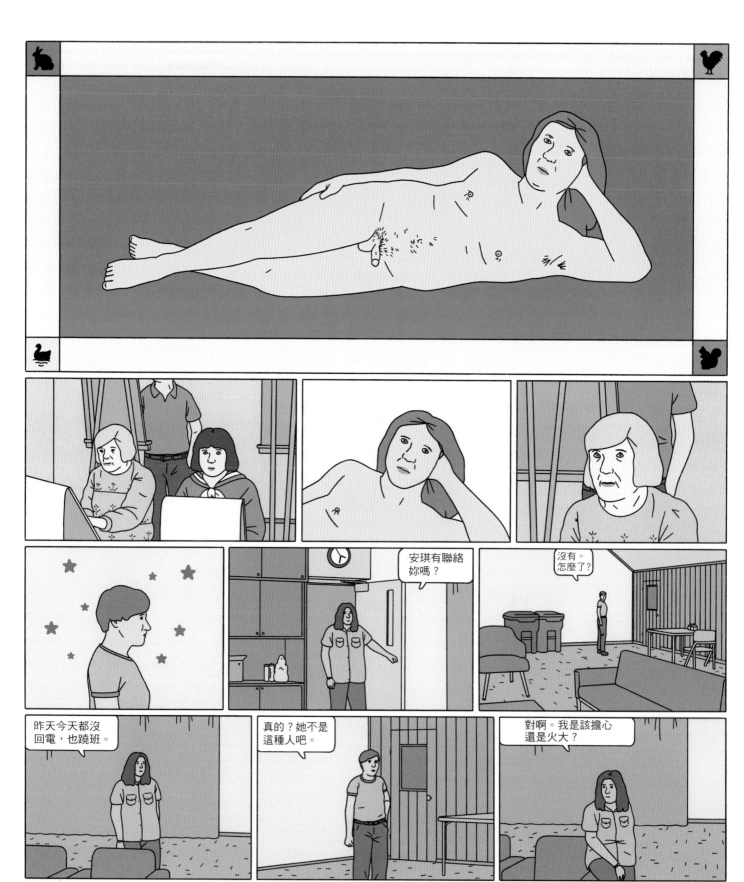

我嘛，禮拜三晚上見到她，她好像滿正常的。

呃，不見得。

那我繼續撥去她家看看。現在是旺季，我怎麼辦才好？

那個小妹珍娜表現怎樣？

還可以。有點太疏忽細節。好像常上廁所，一去就失蹤好久。

這年頭的十六歲小孩啊。等她大到妳這年齡，看她怎麼扛得起妳的擔子。

是啊，難以想像。

別誤會了。我的重點不是年齡。

旺季很累人的。大家要齊心合力才是。

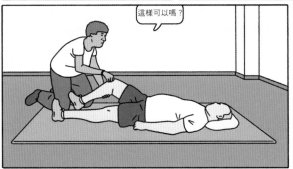

這樣可以嗎？

不對，低一點。一直以來都是低一點。

對不起。我一個禮拜幫很多人復健。

痠痛到煩死我了。

瞭解，我也是。

好，最後再伸展腿部。再多努力一下。

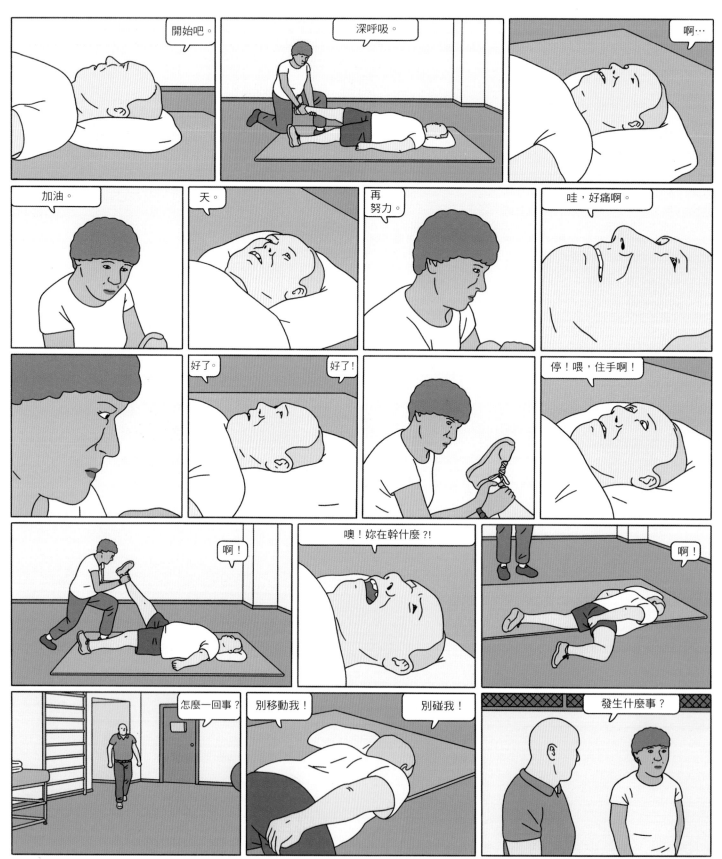

我對她說
我受不了！
還求她停手！

好痛啊。

沒辦法坐
起來。

要我怎麼幫你？丹妮耶爾，要不要來幫我扶他？

別讓她
接近我！

怎麼一
回事？

我不清楚。

去前廳等我一下，拜託。

要不要叫救護車？

那樣怎麼行呢？

真洩氣。

唉。

對，這樣下去不行。
我只好解雇妳了。

我明白。

剛才是怎麼一回事？

我真的不知道。

要是沒挨那混帳提告，
算我們運氣好。

對不起。

63

這我要留著。 我有筆。妳身上有紙嗎？

哈。也行。

希望妳能去。

是這樣的…我正在幫義糧會募款。

他們很有愛心，在這一帶做好多善事。

呃，我實話實說吧，我被法院強制進行社區服務。別講出去。

＊約台幣 3000

我幹嘛這麼多嘴。對不起。

天啊，我真的很遜。難怪不得不去上課取暖。哈。

總之，如果妳能惠賜一點小錢，就能大大幫助——

哦，對。絕對能。

來，這裡有——93 美元 ＊ 吧？我身上只這麼多。

真的啊？

哇，確定嗎？

確定呀。

太感激妳了，安琪。妳真該以自己為榮。

感覺好舒暢。

要不要再加蓋一層？

好！然後被我一腳踹翻！

小女孩又對你開口了嗎？

她跳上沙發笑我。

好，我會去罵她亂來，叫她少來煩你。

我看壯漢衝過來，所以才逃走。

他們傷不了你的。

我們回樓上吧。

不要！

回去吧。晚餐時間到了。

不要！我討厭妳！

別再鬧了。

不要！

可惡。

蘿希，妳在家嗎？我腦殘忘了帶鑰匙。

近在眼前卻遠在天邊。

哈。

哈哈。

有什麼好笑的？

沒什麼。剛想起一件事而已。

妳們會不會太擠？

不會。謝謝關心。

再次謝謝你讓我們搭便車。

不客氣。跟大夥人開車來這裡，我比較安心。

氣氛有點詭異。

我很愛這地方。這次來上課，我只為了離開市區。

有人群有大樓，我比較放心。

丹尼斯不太能獨處。

妳這麼覺得？是這樣嗎？

什麼？是你自己講的。

我只說我擅長跟人打交道。

我也不喜歡來這麼偏僻的地方。我童年住這種鄉下。

是嗎？生活這麼孤立，想必很苦吧？不過，環境倒顯得很祥和。

不會吧。小時候我都快被悶瘋了。

我想換個環境撫養馬科斯。

妳說他幾歲來著？

三歲。

幼兒成長的關鍵階段。

嗯嗯。我也常這麼想。

大小事都會影響他那年齡的小孩。
簡直像照顧一個沒皮膚的軀體。

哈哈。

我嘛，只能盡最大能力。

我是我們家的老么。

大姊在我五歲那年結婚，穿著禮服走進教堂，
裙襬被我揪住，結果摔一跤。

我從此成了家族笑柄。我忍不住認為，那件事
影響到我一輩子。從來沒人認真看待我。
我總是長不大的老么。

小孩難免任性淘氣嘛。多數人過陣子就忘了，
不會為了五歲時做的傻事而自認萬劫不復。

我舅舅吉姆三句不離這糗事。

最常提起的人是你自己。

什麼？我從來不提啊。

30 秒之前就有。

好吧好吧，
怎麼辯也辯不贏。

蕾安，別操心，小孩都很有韌性。
我也吞過不少狗屎，幸好後來還
是好好的。

是嗎？

何況，我媽也跟妳沒得比。我看得出來。

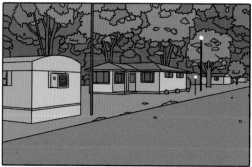

他叫我們開到馬路盡頭就是了。

是這棟嗎？

看來，有人比我們早到。

各位，有件事我非講不可。

心裡毛毛的人，只有我一個嗎？

這裡好遠，遠超出我的預期。

有誰知道我們來這麼偏遠的地方嗎？

我阿姨有地址。如果我半夜還沒回家，她會知道不太對勁。

我們怎麼糊塗來到這地方？

來這麼偏僻的鄉下，我心情突然好寧靜，現在好像明白妳的說法了。

下車吧。再慘也不過是白費時間，不然明天也有個鮮事可講。

安琪？

妳這幾天躲到
哪裡了？

我就知道你們
會來。

我想跟妳
談一件事。

怎麼了？

不知道。妳得幫幫我。

我都幫妳撒謊一星期了。妳就快被開除了。

我被搞糊塗了。我最新的記憶
是上禮拜三課堂剛開始。

什麼？

今天醒來，居然坐在快餐店裡，
跟一群我不認識的人在一起。

醒來是什麼意思？

意思是，我突然發現自己坐在雅座裡吃早餐，
然後好惶恐。我問他們這裡是哪裡，我怎麼會
來這地方。

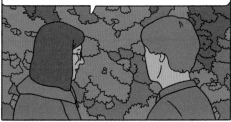
看得出他們也嚇壞了。他們說，這裡離市區
車程半小時，昨天和前天大家進森林踏青露
營。

他們還說，在快餐店那一刻之前，一切都顯得
很正常。他們是在步道上遇到我的，然後我加
入他們。他們說，我和大家相處得很融洽。

妳失去意識了？

不知道。大概吧。謝天謝地，他們全是好人。他們只顯得很擔心，一直回溯兩天來的美好時光，希望能勾起我的記憶，可惜我完全沒印象。

只不過，從週三晚上到週六上午，我人在哪裡？怎麼忘光光了？

蘿希，我真的好害怕。

過陣子就好了。我只慶幸妳平安沒事。

我聽過這現象。建議妳去看醫生。

有件事我不懂。妳是怎麼來的？

我手臂上寫著這地址。

我猜可能跟表演課有關，所以才來這裡求解答。

妳怎麼找得到這地方？我們有地圖可看，還差點迷路咧。

山友開車送我來的。他們說他們認得這地帶。

公司方面，我是不是麻煩大了？

他們很生氣，沒直接開除妳，只因為妳從沒無故曠職的紀錄。

慘了。這飯碗砸不得。我怎麼辦才好？

明早妳一進公司就向主管講明白，說不定能稍微撫平風波。我一直騙說妳家有急事。妳要好好編一個藉口才行。

76

嗨，蘿希。嗨，安琪。
很高興妳決定來這裡。

什麼？

你什麼意思？

那天在路上遇見妳，我不太確定
妳肯不肯來。

咦，哪一天
的事？

禮拜五吧？禮拜五下午。我寫地址給妳。

你在哪裡遇到我？

羅倫斯街。
妳不記得啊？

有誰跟我在一起？

沒人。
怎麼了？

當時我在做什麼？

妳好像只是散散步。

舉止怪異嗎？
你跟我聊了什麼？

妳很正常。我們聊幾句而已。
那天我在募捐，妳出手很大方。記得嗎？

另外有什麼特別的言行？

我們擔心不會再看到妳了。

哇，好怪哦。我不是來了嘛。

能再和大家相聚，感覺好棒。
哈。鬆了一口氣。

嗯，我們很高興見到妳。

約翰老師呢？上課之前，我們該跟他講幾句。

我可以先去上洗手間嗎？我想梳洗一下。

我帶妳去。

怪事。這房子的配置跟我叔叔的老家一模一樣，
連氣氛都差不多。

沒猜錯的話，洗手間就在這裡。

哈。

哇，我的
天啊！

什麼事？

那一對
吊燈！

我叔叔家也有同款式的
吊燈，掛同一個地點。

勾起往事了。

噢，那真美好。

79

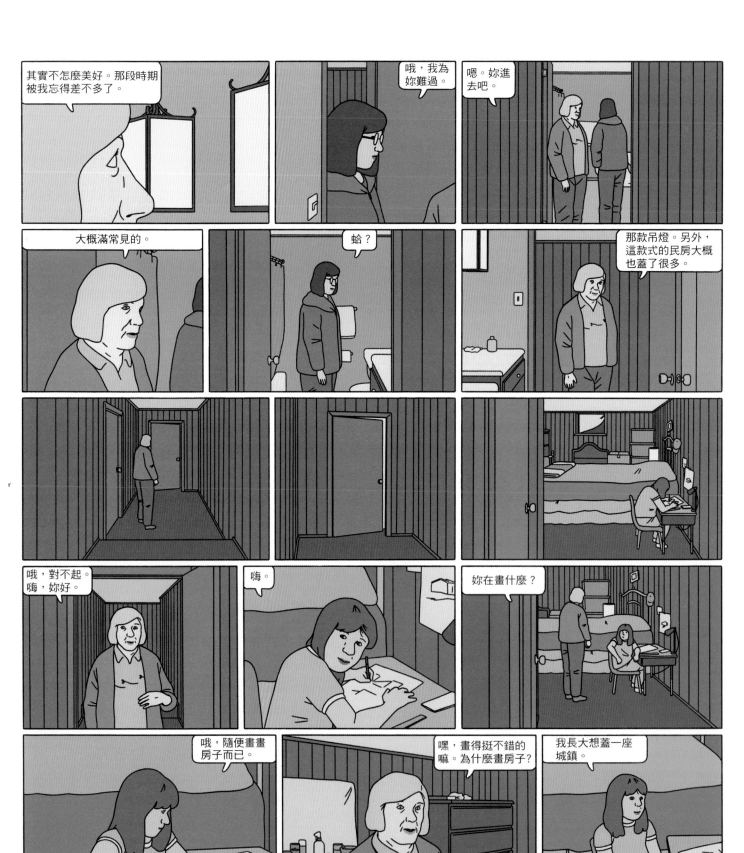

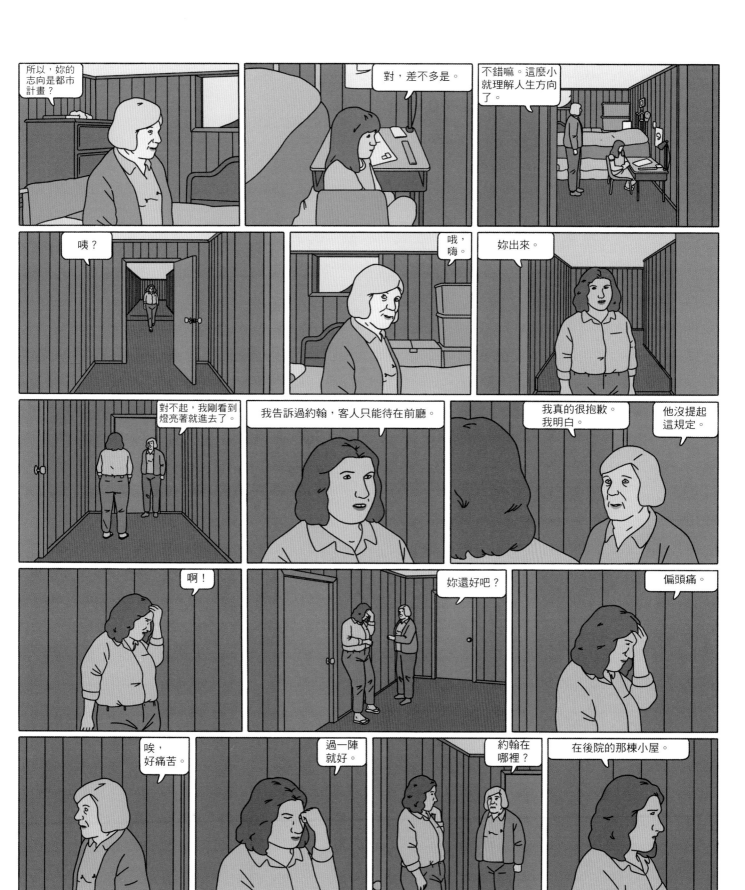

原來如此。

我還以為這棟是他家。

他只是借住。

啊！

對不起。我幫得上忙嗎？

我去躺一下就好。

妳好。

嗨。對不起。我這就回去上課。

別客氣，沒關係啦。

很高興你們都能來。

謝謝你提供場地。我剛不小心，好像嚇到你太太。

哈哈。哦，她不是我太太。

哦。

我該去通知約翰，客人已經到了。他對這一班懷抱很高的熱忱。

我們來的原因是什麼，方便我問一下嗎？

來哪裡？

來你家。

哦。哈哈！社區活動中心這禮拜關門整修，他不想取消課堂，所以我堅持改在這裡上課。

哦，瞭解。我叫葛洛莉亞。

韋德。

很高興又見到妳了。

什麼？

我叫韋德。

那個工友呀！

天啊。當然是。我太丟臉了。

妳不記得我了。

你沒穿制服，我才沒認出是你。哈。

約翰一直教我怎麼留給人深刻印象，可見我還得再努力。

不會啦。沒那回事。

我去叫他。妳隨意，別客氣。

情況怎樣？

我的頭已經昏了。

我也是。我好像不太適合上這課程。

哪裡不對勁？

本來我想說，這課程不上白不上，可是，我這禮拜過得滿慘的。

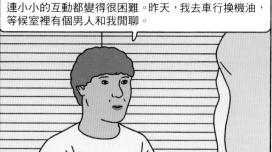
連小小的互動都變得很困難。昨天，我去車行換機油，等候室裡有個男人和我閒聊。

通常，跟人閒聊沒啥大不了。我個性滿隨和的。
昨天，我卻講不出話，腦筋亂糟糟，當下覺得對方瞧不起我。

我也鑽牛角尖，冒了一身冷汗。

覺得自己把戲演砸了。

這想法以前從沒出現在我腦裡。

我大概懂妳的意思。也許，無知最幸福吧。

可是，演練的時候，妳好像很容易入戲。

可能是人老了，懶得在意別人的眼光，表演起來比較輕鬆。

上次妳提到有個房客見鬼，故事是怎麼來的？我整個禮拜想個不停。

妳要我交出我表演的祕技嗎？

故事講得很生動，肯定是真人真事。

妳答對了。是我姊姊很久以前的遭遇。

那時期情況很糟，她遇到很多難關，日子很難過。

哇。所以說，妳姊是公寓大樓的主人？

不是，我姊是房客。

哦。

說來也悲哀，她的言行慢慢出現異狀，愈來愈嚴重。幻覺也愈來愈強烈。她愈來愈難以有正常作息。

最後，女房東叫她搬走。那陣子差不多是情況再也無法逆轉的時期。

我姊有個女兒還小，無法再照顧，所以給我當親生骨肉養。

她就是貝絲的媽媽。所以嚴格說，我是貝絲的姨婆。過了好久，我都忘了真正親屬關係。

妳姊結果怎麼了？

那事件過後，她被送進療養院。我常去探望她，有時帶她女兒一起去。

那，貝絲的媽媽呢？

她有自己的難題。很不幸，這毛病好像會遺傳。

所以現在剩我和貝絲相依為命。

我不得不開始找工作了，一想到就畏懼。

出了什麼事？

要上課囉。

大家心情怎樣？

我們做個簡單的暖身運動。

我逐一對你們提示一種情緒，讓你們以表情詮釋，看大家能不能猜對。

目的是把臉改造成一副說變就變的面具，同時要讓觀眾能瞬間辨識你的情緒。

在人生中，在舞臺上，這能幫上大忙。

誰想先上台？

蕾安？

生氣。

憤怒。

很好。演得一目瞭然。

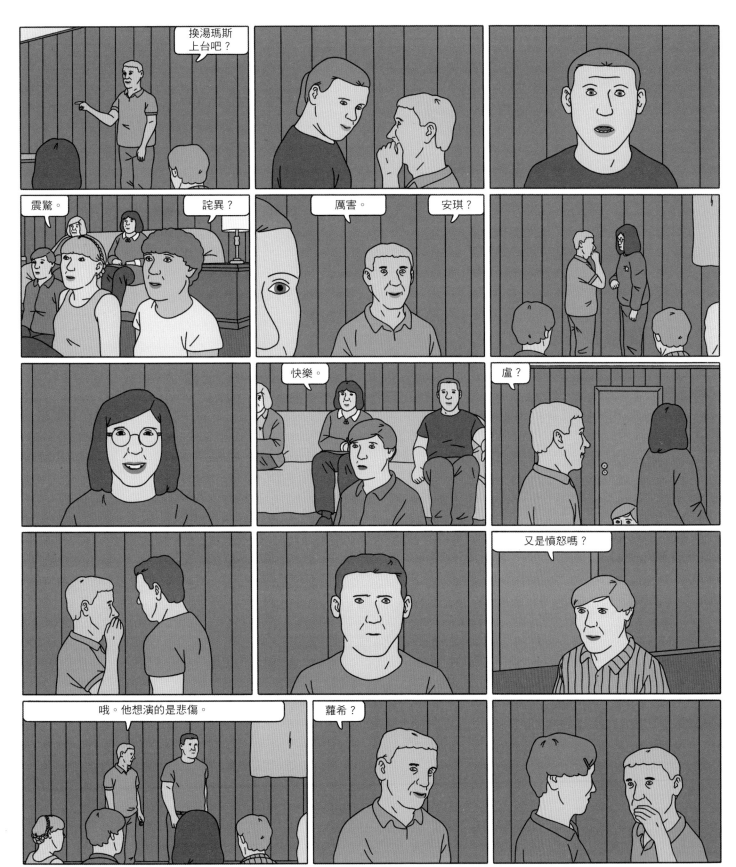

大家表現不錯。

有研究報告顯示，據統計，心懷信念的人比較長壽。快樂的人也活得比較久。

這表示我們的任務很明顯：懷抱信念，快快樂樂。

那篇報告我讀過。裡面也提到，憂鬱的人較能看清人間百態。

呃，光聽就夠憂鬱了。

在什麼情況會高興或傷心，在什麼情況會生氣或害怕，有時很難釐清。

所以，這正是今晚練習的主軸。我要每個人去單飛獨行。

全靠個人想像力。沒有設定，也沒有準則。

各人在腦海裡自闢一幕，盡可能想像得面面俱到，然後融入那場景裡，加進一些元素，順其自然。

做完練習不需要分享成果，所以請盡情發揮。做起來應該能觸及心靈深處。

假如某一幕演不下去，就自己另創一幕。情急之下，心智往哪裡走，會另你訝異的。

大家各自占據一個地方。

舒舒服服坐著。
想躺想趴也行。

這練習也練到信任感。大家聚集在這個
陌生的場地。寬心順從，才有效果。

好，大家閉上眼睛。

開始。

據說這星期
會放晴。

是嗎？
謝天謝地，
對吧？

對。

這雜誌裡有篇文章說，有信念的人比較長壽。

真的？有意思。

你覺得呢？

我凡事都以開放的胸襟面對。我是個崇尚心靈信仰的人。

嗯嗯。

假如啊，我什麼都信，搞不好我會是最長壽的一個！

嘿嘿。

一定有什麼東西在掌控萬物。

妳有沒有見過幽靈？

你說什麼？

講真的。

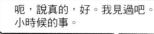
呃，說真的，好。我見過吧。小時候的事。

我們那時在家辦耶誕晚會，我每隔幾分鐘探頭看窗外，等著我最愛的表姊出現。

結果卻見到一個穿長袍、戴頭套的人，對著我招手，然後消失。我可以對天發誓。

我衝去告訴我爸。他向我保證，上床前他會徹底清查整棟房子。

後來，他以為我睡著了，我居然聽見他在家人面前嘲弄我。

地段真好。我該去向所有鄰居自我介紹。

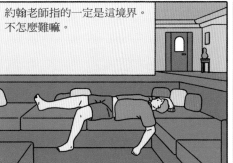

約翰老師指的一定是這境界。不怎麼難嘛。

蘿希呢？我該通知她一聲。她會很愛這裡的。

不能永遠閒著，要編一個故事才行。

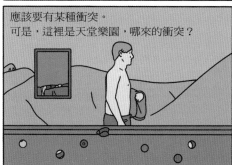

應該要有某種衝突。可是，這裡是天堂樂園，哪來的衝突？

有了！邀請全家都來住。

他們見這房子一定傻眼。每個家人都能獨睡一間。

明天一大早，我就打電話邀請他們。

（吱吱吱吱）

搞什麼屁啊？！

（吱吱吱吱）

（吱吱吱吱吱）

開什麼玩笑。

（吱吱吱吱）

喂！你的鄰居想睡覺啊！

（吱吱吱吱吱吱）

老兄，
我也住這啊！

怎麼遇到這種事？
我非搬走不可！

（呼呼呼呼呼呼呼）

停啊。
拜託，
停啊！

（呼呼呼呼呼呼呼呼呼呼呼）

笨鄉巴佬。這社區怎麼搞的？
好了，深呼吸幾下。

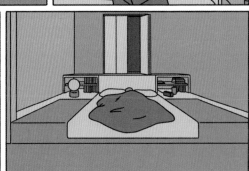

嗨，
丹尼斯。

哦，嗨，麥特。
見到你，我鬆了一口氣。

昨晚
沒睡好？

不曉得為什麼，我居然高興
能回來上班。

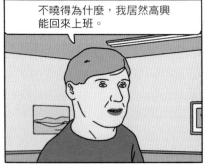

還要什麼嗎？
要買單嗎？

（呼呼呼呼呼呼呼呼呼呼呼）

妳回來了。

我還在擔心找不到妳呢！

妳沒說一聲就走了。怎麼一回事？

不知道。我到現在還想不通。

不過，能回市區感覺好棒。

我也是。那一趟滿精采的。

對。我怎麼能忘記呢？

妳想不想一起過夜？

想，不過我明天要回公司報到。

是在唬我吧？這不像安琪的調調。

我知道。不過，這飯碗砸不得。我明天晚上可以再見面。

這種事嘛，總不能做半套。妳這一走，怎麼回來？

搭公車唄。哈哈。

認真一點。妳不能隨心所欲自由來去。

我懂。妳說得對。

所以，妳和我同不同心？

同心。

好。我在我們的公寓裡。不是會發生什麼事嗎?

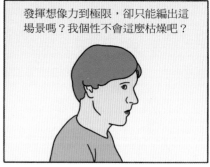

發揮想像力到極限,卻只能編出這場景嗎?我個性不會這麼枯燥吧?

嗯。我突然開心了一些。也許這意味著什麼。

是在叫自己安於現狀嗎?

回家總給我一份畏懼感。今天卻一反常態。

老婆,我回來了!

完了。

你在這裡幹嘛?

怎麼不先問候呢?

你是怎麼溜進來的?

什麼意思?我懂得回家的路啊。哈。

我指的是，這一幕是我的。
你是怎麼闖進來的？

我那一幕爛透了。
我發現這裡才是我的歸宿。

你完全搞錯重點了。
老師叫大家自創一個場景。

可是，我們
是一對啊。

丹尼斯，我需要獨自走出這條路！
我需要專屬於自己的東西！

咦，既然你能移轉到我的場景，
我也應該能移轉去蕾安的場景。

妳為什麼想去投奔蕾安？

別管我閒事。滾出我腦海！

我做不了主，蘿希。這裡是我家。

那我要另創一個
場景！

喂，約翰！
重設！

我真的這麼
難相處嗎？

你又講錯
重點了。

顯然是。

105

表演課多少對我們有點幫助吧？
妳現在還拒絕承認嗎？

我覺得沒什麼進步。你呢？

我倒覺得有。妳沒察覺到我有改進嗎？

沒什麼變化。被你說中了。
連我設定的場景都以你為中心！

既然受不了，妳乾脆去找蕾安算了。
再怎麼說，這是妳的場子。妳能自由發揮。

好吧，那我走。反正這一切全是狗屁。

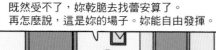
怎麼了？

試過了。
沒變化。

因為妳不夠投入。我能意識到。
妳要聽約翰老師的指導。

要全然交出自我，順應這過程。

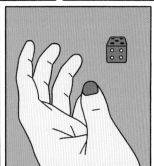

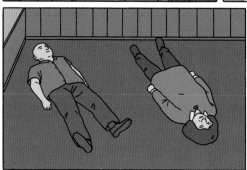

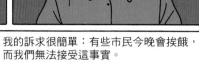

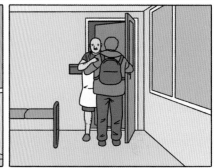

嗨，
老兄。

你幹得
不錯嘛。

這人不是我。
我不能硬撐下去。

我對你有信心。

我撐不下去。

＊聯合義糧

妳終於來了。謝謝妳。

我很高興能來。

嗨。

我幫妳掛外套吧。

妳為什麼要我過來？

我嘛，一直在家裡枯坐，整晚沒啥變化。

他說想像力是無窮盡的，不過我再怎麼想像，也走不出這房子。

我好像懂妳的意思。

等了幾小時，我想去查看馬科斯一下。

…結果，恐怖的事情發生了。

什麼事？

他完全變了。

我拿不出辦法。

我可以去認識他嗎？

110

確定要嗎？

妳太常提起他了。

好吧。小心一點就是了。

馬科斯？

我們要進門囉。

哦。

我要你認識這個好朋友。她叫蘿希。

你好，馬科斯。

還是睡不著嗎？

我喜歡你的房間。好酷。

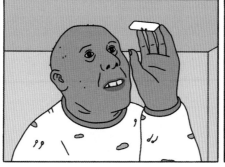

小心一點。

好，湯瑪斯。

抱歉找你跑這一趟。

已經問你要不要咖啡或水了吧？

對。我不用。

好。

呃，本局很高興你今天能過來。

沒關係。我很樂意幫幫忙。

幫本局釐清這幾項細節。

那當然。

因為你上禮拜五去過史普林格社區學院。

對。

那天是…13 日吧？

嗯嗯。

那我們從頭談起。

那天晚上嘛，我去 C 樓的靜物素描課工作。

什麼工作？

學員畫素描，我是他們的模特兒，班上有個老師，大家開始畫圖，然後…基本是這樣。

113

啊。所以說，你是專業模特兒？

哈。專業嘛，未必。

不是時尚模特兒啦。只是在美術課上擺姿勢。

真的？這工作挺有意思的嘛。

恕我孤陋寡聞，對這方面不太熟。

還好啦。

所以你是裸體模特兒？

對。供繪畫者練習用。練習人體比例和生理結構之類的。

瞭解。

這一行嘛，我做了差不多…哇，9 年了。

嗯。

對，地點不一定。有段期間在市區的多數學院。

嗯嗯。

工作有時很不固定，不過我喜歡。我喜歡接受挑戰。對我有好處。

好。

話題轉回 13 日那天。

哦，對。是的，我敢確定，從 7 點到 10 點，我在 116 號教室。

好。
下課後你去哪裡？

直接回家。我自己開車回家。

沒去別的
地方嗎？

沒。我下班總是直接回家。

因為才上禮拜的事，請你盡量回憶晚上的情形。

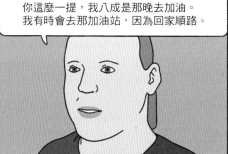

我嘛，可能半路去加油或什麼的。

比方說，21 街和哈維街交叉口的
加油站？

對耶，絕對有可能。

我問這是因為，店員和顧客說，他們看見一輛你開的那款車進來加油，
也見到一個綁馬尾、符合你外形的男子，在 10 點 15 分左右。

聽起來差不多是吧。

所以，你確實在 13 日那天
去加油？

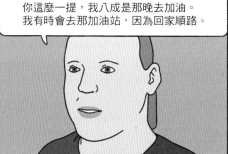

你這麼一提，我八成是那晚去加油。
我有時會去那加油站，因為回家順路。

好。
那天只有你
一個？

哦，是的。車上絕對只有我一個。

沒人搭你便車嗎？車上沒朋友？

沒有。
沒有。

115

回到下課那段時間。

你有跟誰聊天嗎？

下課後，大家通常會三三兩兩閒聊。

你有和葛洛莉亞·柯羅爾對話嗎？

通常我至少會向她和孫女貝絲打個招呼，是的。

柯羅爾夫人告訴本局，你們三人一同走進停車場。

嗯。我的記性真有這麼差嗎？

哈。我懂了。我瞭解。

所以我們才按部就班，一步步重建。

這麼說，你的確和葛洛莉亞、貝絲一起走向你的車？

是的，沒錯。

你單獨開車走嗎？

對。

你看不看新聞？

不太看。

你不關心地方新聞嗎？

看了情緒會變糟。

116

不過，你被叫來局裡是什麼原因，多少心裡有數吧？
其實我不清楚。真的不知道為什麼。
完全不知道？被叫來警察局，你心裡一點也沒疑問嗎？
我只覺得，你們遲早會告訴我。
喬治·歐泰羅這姓名，有印象嗎？
沒有。
好。你暫時坐著別走。
謝謝你保持耐性。確定不要我端水給你嗎？
不用了。
湯瑪斯。
我是莫林納警探。
你對喬治·歐泰羅這姓名有印象嗎？
沒有。
問這做什麼？方便告訴我嗎？
稍安勿躁。我來幫你回溯往事吧。

要等本局查到底再說。現在呢，你願不願意告訴我，歐泰羅為什麼在你車上？

警探，我對妳發誓，那男人不在我車上。

不然，葛洛莉亞和貝絲見到的乘客是誰？

我車上沒別人啊。

幾天前，你是否曾和葛洛莉亞、貝絲出席同一場晚會？

不是晚會，是上課。

據她們描述，是在貝絲公寓舉辦的一場晚會。

不正確。我們是在磨練演技。

據葛洛莉亞所言，你講了一件令人心寒的事。你問大家，用什麼方法殺人最好。

實情不是這樣。那話題是用來談笑的，我問的其實是，「你能想出哪種最瘋狂的手法？」

聚在一起談這個，你覺得很好玩嗎？

又不是當真的。大家都抱著開玩笑的心態，是在練習演戲。

這可不是戲。這是真實人生。

我知道，警探。我只是想講道理。

葛洛莉亞說，晚會那天，她另外目擊一件事。

慘了。

翻別人的外套偷錢，也是演戲囉？

天啊，不會吧。全是誤會一場。妳最好問問約翰老師。他能解釋課堂活動給妳聽。

哦，我們約談過他了。

他怎麼告訴妳？

他的說法和你差得遠了。

什麼！是他叫我欺騙晚會客人的！是演戲。

這條路走不通了，湯瑪斯。你想不想重新來過，老實說明事情原委？

我是個老實人。我們可以釐清所有疑點。

嫌犯人權宣讀給你聽了嗎？

是的，剛到的時候宣讀過。不過對方說是例行程序。

宣讀完畢，你等於同意允許警方搜索你的車。

對。沒什麼好搜的。

倒是在後車廂搜出歐泰羅的背包。你有什麼話好說？

哇，我的天。我是在作惡夢吧。

你不辯解嗎？

拜託，我被冤枉了。

別再演戲了。不管用。

我可以跟約翰
老師通話嗎？

約翰現在不能和你通話。你訴求的對象
只有兩個：我和我的搭檔。

坐直，湯瑪斯。你的演技不具信服力。

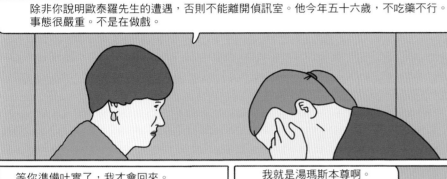
除非你說明歐泰羅先生的遭遇，否則不能離開偵訊室。他今年五十六歲，不吃藥不行。
事態很嚴重。不是在做戲。

對不起。我不知道該說什麼。

等你準備吐實了，我才會回來。
不要再演戲了。我要你變回湯瑪斯本尊。

我就是湯瑪斯本尊啊。
我是一個好人。

別再自欺了。

唉，
媽的。

蘿希，現在 3 點了。

什麼？

已經凌晨 3 點了。

幹！

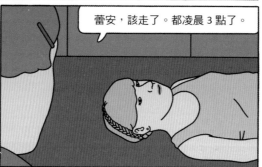

蕾安，該走了。都凌晨 3 點了。

慘了。我非回家不行！

哦，很好。大家都結束了嗎？

搞什麼鬼？你為什麼不叫醒我們？

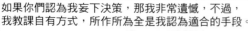

啞巴嗎？我們有幾人一早要去上班啊。

我不願與班上學員衝突。衝突無濟於事。

太扯了。

如果你們認為我妄下決策，那我非常遺憾，不過，我教課自有方式，所作所為全是我認為適合的手段。

喂，各位，醒醒吧。

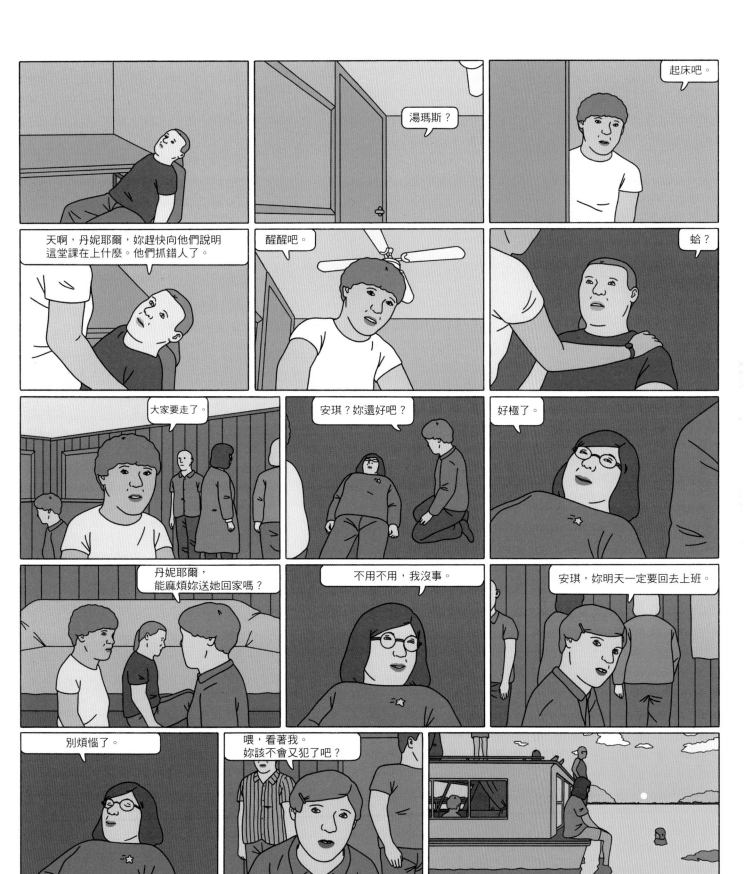

好。一切都正常。
我想待在這裡。

留下來也行。明天可以請韋德載妳回市區。

不行,她應該跟我們一起走。

我是認真的,
我沒事!

來吧,蘿希,
我們走。

我車上有空位。

求妳留下我吧。明天我去公司再見面。

謝謝各位大老遠過來!下次我們回社區活動中心
教室,星期三晚上 8 點見。

提醒一下,下星期是最後一堂
免費課。

謝謝,約翰。

大家一定都累了。
開車要多留意。

想不想換衣服? 我去拿毛毯給妳。

她就快來了，
我保證。

妳幹嘛幫她找藉口？

有充分的理由。私人因素。
家庭因素。她能解釋一切。

蘿希，夠了。
別再扯了。

公司需要她。我能怎麼辦？
她人在哪？

我知道她想保住這份工作。這工作是她的定
心丸。求求妳。明天我拚死也把她拖進公司。

告訴妳好了，要不是妳一直耍我，
我早就報警說她失蹤。

我不懂妳幹嘛幫她撒謊，也不懂妳們兩個在玩
什麼把戲，不過，我明天就要找新手取代她。

好。我明白。

我們非面對現實不可。

這些工作全有截止日期，每過一天，工作就更急迫。現在缺一個人手，工作愈積愈多了。

她只是遇到難題而已。想法亂糟糟。我為她擔心。

要是妳具體一點，我也許會多一些同情心。

抱歉，我不能多說。我好累，頭腦也不太清楚。

嗯，妳要進廠房來，幫忙出貨。暫時只有妳和珍娜撐場面了。

對不起。

我們進度要加快。這一批訂單要在8點出貨。

上帝保佑

庫爾茲家庭

可以給我看看嗎？

妳還在檢查我的字嗎？

可惡。這一款用22頁的字體。妳用的卻是26頁的標準字體。

該不會從一開始就看錯字體了吧？

不會。只有這一個寫錯。反正看起來差不多一樣，根本沒人會注意。

總有人會發現，然後打電話進來抱怨。

這下子，我得全部檢查一遍。幫我打開包裝。

只寫錯一個啊。

這個也錯。哥德體才對，第 30 頁。

對不起。

八成全用完了。

這批今天沒辦法出貨。我去找額外的裝飾品。

妳要去哪裡？

我不做了。

什麼？為了這點小事？

我其實沒空來這裡打工的。而且，這學期課業特別忙。

辭職要事先通知，不然拿不到推薦函。

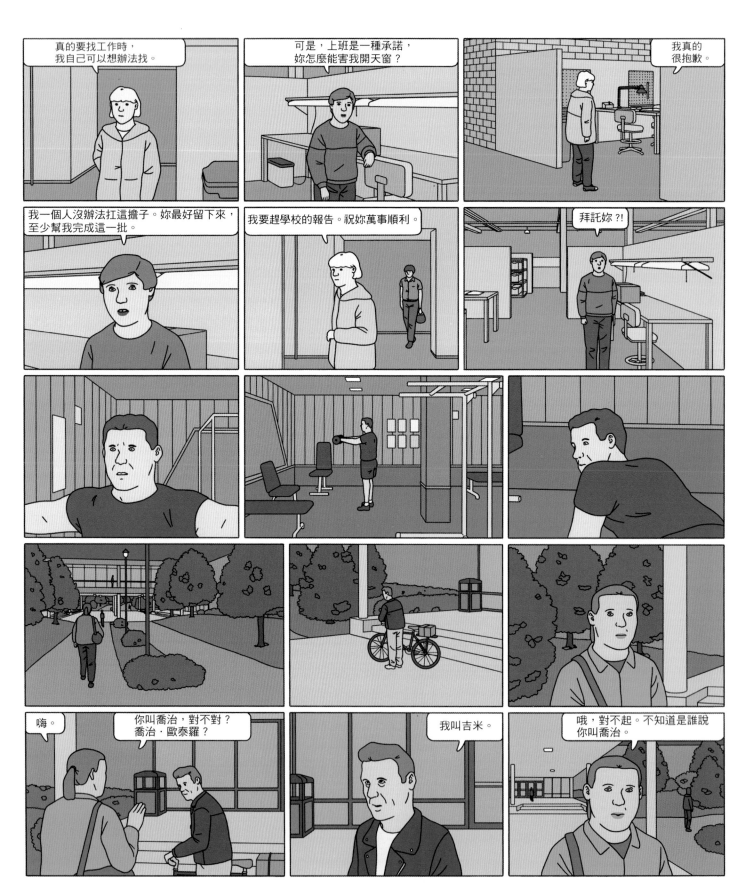

我綽號貓王。

我叫
湯瑪斯。

你好嗎？

我還好。

很高興見到你。

你感覺還好吧？

對，我還好。

你和我，我倆之間
沒瓜葛吧？

我沒傷害過你吧？

好像沒有。

那就好。

哦。
兩位好。

哈囉。

吉米跟我聊了一下。

嗯嗯。

哪裡不對勁?

什麼?沒事啦。
妳哪裡不對勁?

哈哈。

好,我們上課見。

莫林納老師?

嗨,湯瑪斯。

我今天不太舒服。

嗯?

我在想，今天能不能穿著衣服擺姿勢？

為什麼？

我只…突然覺得彆扭。

湯瑪斯，這堂課的學生繳學費，為的就是靜物素描。

你怎麼會突然想不通？

呃，看你這麼堅持，我也沒法子。

謝謝妳。

下不例外。下次上課，如果你還沉迷不醒，那我們只好換人。

同學們，我們這星期換換口味，試試看怎麼素描身上有衣褲的模特兒。

上衣的皺褶有時是出奇的複雜，很適合練習。

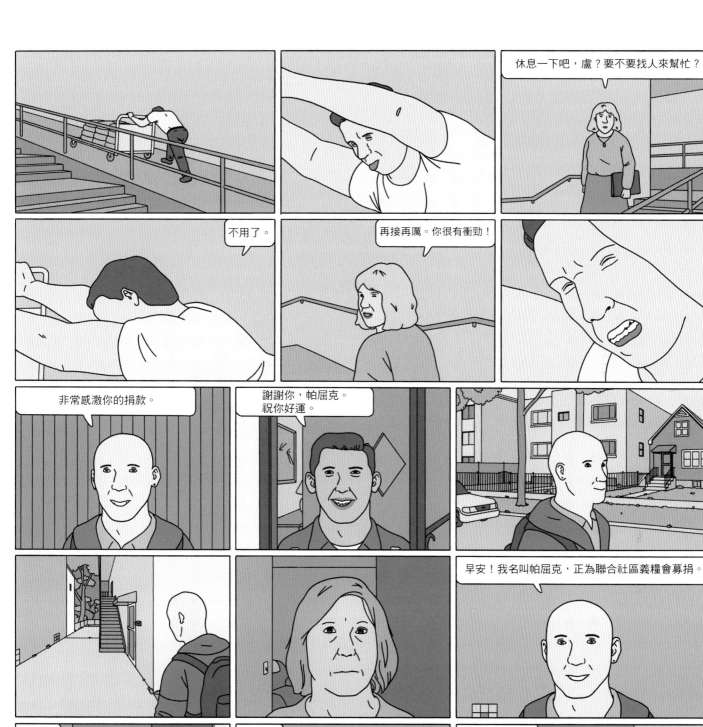

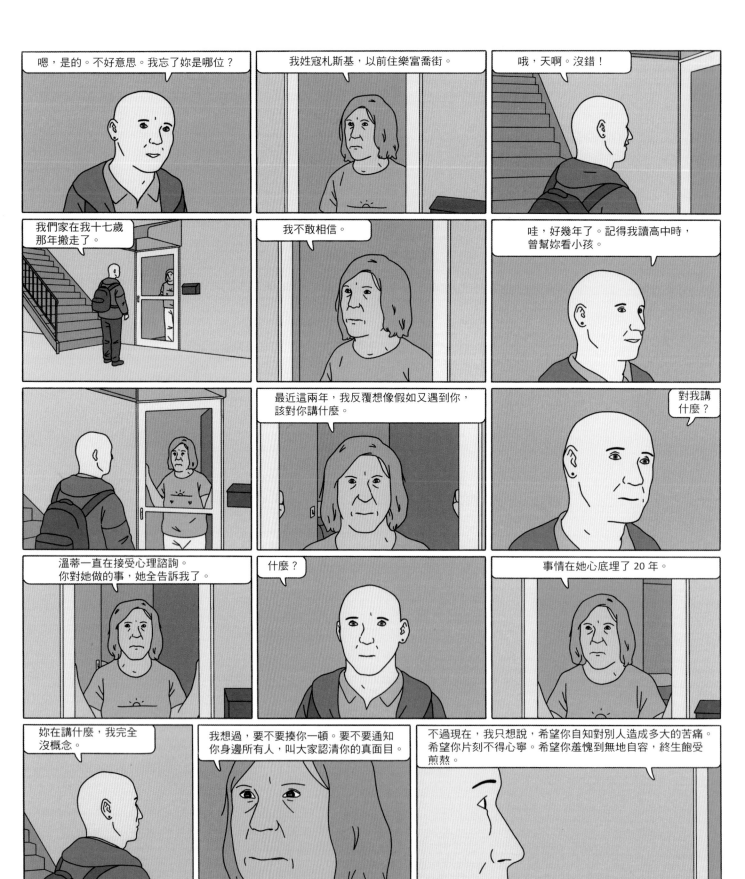

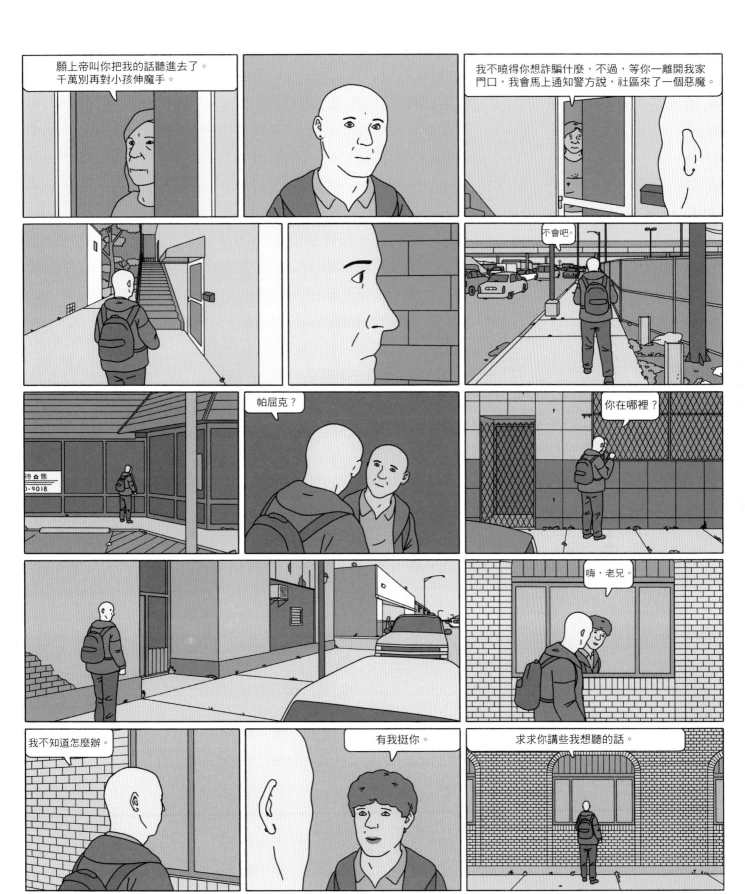

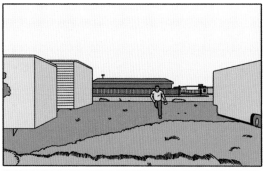

又吃馬鈴薯炒蛋，可以嗎？

可以。

也加一些培根。

像鳥園那樣？

什麼？

像有磁性的懷錶那樣。頂級款。

唉，不行，貝絲。想太多了。

有一陣不間斷的踩踏聲。像那樣嘶嘶慢煮。

好，我聽進去了。我瞭解。
我們照蕾貝佳說的，用言語輔導。

選舉造勢。激昂的戰歌。這是必要的。
妳聽見沒？

妳有什麼感受？

全交給我。哪一個？

哪一個什麼？

神諭。針。總結。
結辯⋯什麼？食譜是什麼？

我可以怎麼幫妳？

我們不宜跟蹤那警探。
偵測不到她，因為她正在⋯出任務。

好，貝絲。腦筋放慢點，跟我一起放輕鬆。

略過最佳例證，先別碰它。
清乾淨，像生蠔那樣。

今年是哪一年？

對。之前有個更快的。
贏過一個。之後有一個。

我們住在哪一市？

這題很難。在領域和敘述之間的
某地。在內環區嗎？

只不過，底下又有什麼？
我們能往下走到像樣的高度嗎？

能。往下走也好。

50 或 60 呎。在頭套下面。在樹冠底下。全有序號。

話題轉回晚餐，行不行？也許談晚餐能換個想法。
好好吃一頓吧。

番茄。薑。我的耳朵。我的手指和腳趾。

沒關係，蜜糖。過陣子就沒事了。

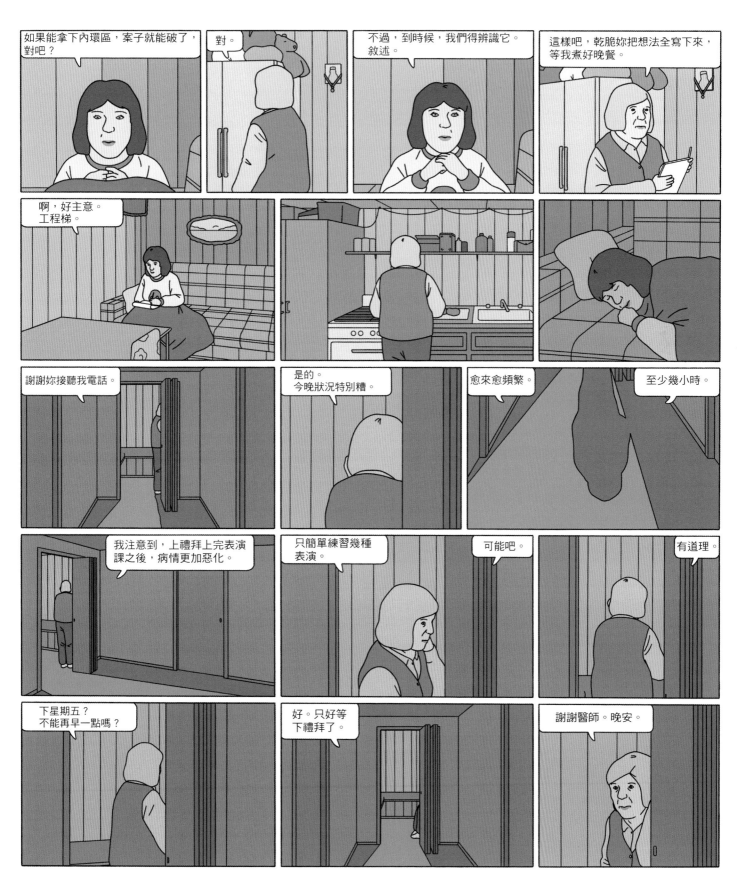

Olive & Adrian

"Night Is When
I'm Wistful" *

PLR·054

愁思夜未央（Night Is When I'm Wistful）

不可能吧。

A 面

讓我重返
單調
蜜餞糕
我的往事還給我

B 面

天堂之戀
金箔絲、花環、七彩燈
院子門為你而開
愁思夜未央

普利菁 唱片

郵遞區號 79106
德州阿馬里洛西南一街 1600 號

詞曲全由奧利芙・印曼與
艾茲安・霍金斯兩人創作

樂手：
東尼・匹冬恩─單簧管、笛子
莎麗・胡博斯─貝斯吉他、鋼琴
雷恩多夫・米勒─打擊樂器
布里安納・坎貝爾─和弦齊特琴、手風琴、齊特琴
麥克・史萬─小號、伸縮長號
奧利芙・印曼─演唱、小提琴
艾茲安・霍金斯─演唱

康甫錄音室（Comfort Studios）錄製
錄音師：貝瑞・亨克
製作：馬莉莎・拉文德
攝影：喬・沃爾─皮爾斯
封套設計：巴特勒設計公司
顧問：約翰・S
發行：普利菁國際媒體
唱片產製公司印行，德州艾爾帕索

那專輯是極品。

蛤？

想問什麼問題嗎？

我是不是
快瘋掉了？

哦。

我還以為我會第一個到。

鎖著。

約翰老師來了沒？

我還沒看見他。

我本來希望上課前跟他談幾句。

你提早來，是不是也想找他談？

不是。
我是搭朋友便車來的。

欸，你開車來的嗎？

哦，對。

下課可以載我回家嗎？

呃，行。

對。什麼話嘛，當然行。

謝了。

不是。只是覺得我不適合聽別人講心事。

瞭解。
對不起。

不好意思,我可以再問一個問題嗎?

不想答可以拒答。

上一堂課,你的私人場景發生什麼事?

印象霧濛濛的,大多忘記了。
我睡著了吧。

我倒記得我很開心。

安琪是怎麼聽說這課程的?

我本以為是朋友介紹的,現在反而不太確定了。

她說是在某個聚會聽說的。

她不是認識盧嗎?
我們可以問盧。

他們彼此不認識。

她是怎麼邀請妳的？

她聽說有個免費的表演課，可能很適合我們，於是約我一起去。

同事那麼多，為什麼獨拉妳一起去？

在公司，她其實沒有別的朋友。公司是過去式了。

橋到船頭自然直。

早知道上禮拜應該硬拉她回家。現在不曉得她流落到哪裡去了。

要是她今天沒來上課，那我也不知道怎麼辦才好。

約翰老師應該能幫忙。

我是說，他應該知道下課之後的後續，知道她去哪裡。

欸。

我們嘛，今晚其實不一定要去上課。

什麼意思？

妳不舒服的話，我們可以蹺課。

我好愛這課程呀。整個禮拜就盼這一天。

哦，對。怎麼了？

阿姨她氣炸了。我跟她賠不是。
幸好馬科斯熟睡整晚沒醒。

等我終於睡著，太陽已經快露臉了。

對，我那天累歪了。妳竟然願意回來。

嗯，我沒有妳的聯絡方式。我擔心再也見不到妳了。

就算還沒開始上課就要帶他回家，
我也很高興來這一趟。

妳來了，我也很高興。

可以好好介紹一下嗎？

馬科斯？
來這邊。

我想介紹你認識我的
一個好朋友。

嗨，馬科斯。我叫蘿希。

你的好媽媽常常稱讚你哦，今天總算知道她在稱讚什麼。

嗯。

蜜糖，說聲哈囉。

哈。

好乖。

153

對不起，他過一陣子會漸漸親近妳。

沒關係。他不過是個小孩。

你們全在樓上罰站嗎？

約翰在地下室等你們。

他叫我們來這裡上課。

糟糕。一定是溝通出差錯了。

沒關係。跟我來。

看我找到什麼！

哦，好極了！全員到齊。我剛正要擔心。

安琪！

嗨，蘿希。

我非跟妳講幾句不可。

出了什麼事？

怎麼搞的？

我終於能照顧自己了。

這經驗給了我一大啟發。

可是，妳這哪算照顧自己！

我老是操心這操心那的，枉費了一生。以後不會了。

安琪，妳害我擔心得半死啊。我不曉得該怎麼辦。

真有那麼擔心，為什麼不開車來約翰家？我一直很平安啊。

妳在約翰家住了整個禮拜？

我能為自己做主。

我又不是在指揮妳。我只是關心妳的安危！

一切都好吧？

我們急著上課。

對，不好意思。再一下下就好。

儘管聊。

等一等。讓我重設。

好。我大概知道自己該說什麼了。

我懂了。我能理解自己害妳吃了不少苦。真的。

我也很抱歉在公司一走了之。我真的很感激妳為我講話。

不客氣。我只是想幫幫忙而已。

妳幫了我好大的忙。
有妳這朋友，我無盡感恩。

我很高興妳關心我的安危，
還實地去找我。

不過
我很好。

日子過得
很棒。

安琪，上禮拜
妳失去意識，
流浪幾天。

我非常擔心。

我知道。妳為那事操煩，是我不好。

我自己也有點嚇破膽了。
不過，我認為這只是陣痛期。

我不懂。

沒事了。

我們先一起上完課再說吧？
這課程對我真的很重要。

明天可以再談個清楚。反正我也該回家一趟。

好，那妳至少讓我
載妳回家吧？

謝謝妳用友情關照我。

157

啊，她們來了。

這位是誰？

我兒子。

新世代演員。

哈。

哦，小乖乖，我叫安琪。

可以給我抱抱嗎？

我叫馬科斯。

好了，各位。我們不如先暖暖身吧？

要什麼就告訴我，好嗎？

我看看…丹妮耶爾？

稍微自我介紹一下，假想成，今天第一次見到大家。

試想一些引人注意的小事。盡量講一些平常自我介紹不太講的東西。

嗨，各位，我叫丹妮耶爾。

有人指示我，不能講平常自我介紹講的東西。

我的公寓有霉味。我每天喝掉一壺咖啡，另外還灌下兩公升汽水。

我後車廂裡有一箱子相簿，也有一台故障擺了兩年的吸塵器，一直沒興致搬出來。

哈哈。

吸收無用途的資訊，我很拿手。我很後悔一件事：我從來沒學過樂器，也沒學過運動。咦，這好像是我後悔的兩件事。

我上禮拜才發現自己走路時默算步數。從小動不動一直算，連想都沒想過。這是我頭一次對人公開。

平常人自我介紹時，另外不講什麼呢？有時我睡到一半會驚叫。

就這樣。很高興認識大家。

太精采了！整個顛覆了刻板的自我介紹。

換一個上台吧。湯瑪斯？

嗨，各位！

我叫湯瑪斯。

好。也照她那樣嗎？

今晚能跟大家共聚一堂是我的榮幸。

自我介紹。坦白就好。

我剛從丹佛飛過來。手臂好痠啊。

159

哈。

不過，我想認真一下，稍微介紹自己。

我是百分之百的波蘭裔。所以，損波蘭人的笑話我全聽過了。

我從外婆那裡學到波蘭烹飪法，餃子＊煮得一級棒，保證讓你讚不絕口。

多講一些較私密的東西。

哦，呃…小學時，我成績吊車尾。

倒沒有慘到被欺負啦，只是我很難跟同學打成一片。

那時我常幻想搬家。我們家有個暖爐，我常窩在旁邊取暖。

也許是因為…不知道啦。講到這裡就行了吧？

＊ pierogi

謝謝你，湯瑪斯，表現不錯。

謝謝。

接下來，我們配對練習即興演出…葛洛莉亞和蘿希？

連續表演幾個極短劇也行，隨便你們怎麼演。

我能幫妳什麼忙嗎？

我遇到難題了，不曉得從何說起。

就向她報告新消息吧，告訴她說，住家附近發生了什麼新鮮事。

幫我讀一讀我寫好的部分吧？

這裡。與其問她受到什麼待遇，不如問「最近遇到什麼好事？」

這建議很好。聽起來比較正面。

然後，妳可以說些「我們以妳為榮。妳好堅強哦，我們知道妳能早日康復。」

好。這樣寫很不錯。

有個錯字。「模稜兩可」才對。

手滑了。

她很討厭我。

別這麼說嘛。

她恨我送她去療養院。

妳是不得已的。這樣做是為了救她。

妳另外想加些什麼？

 問她,新墨西哥州的夕陽美不美。

 也告訴她,蘿希阿姨很想念她,等不及接她回家。

 愛妳的葛洛莉亞和蘿希。

 這樣可以嗎?
妳覺得這算不算
一幕?

 棒透了!我除了讚美還是讚美。

 下一組換誰?
盧和尼爾?

 嗨。

 嗨!我怎麼
為你效勞?

我想理頭髮。

沒問題。我來摸摸看你的髮質。

哇，好美。
濃密旺盛。

我想理光頭。

真的？全剪掉多可惜。
不如我幫你做個髮型吧？

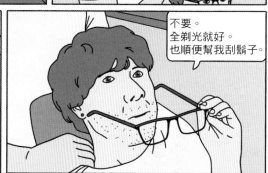

不要。
全剃光就好。
也順便幫我刮鬍子。

哎唷！

對不起。

以下是我的心靈獨白。

每天都聽到同樣的怨言，同樣的自卑。

「全給我剃掉。
不行啊，剪太短了！」
「兩旁太厚了。」
「真討厭我的地中海。」

只要動手，我就能
終結這一切。

一刀劃下去，他就成了我最後一個顧客。
他的最後一口氣。我在地球上的最後一天。

163

再忍還能忍多久，我實在不曉得。

光知道自己有別的路可走，想一想就覺得輕鬆。

算了，我還是別理光頭好了。

我不跟你爭。你頭髮滿好看的。

多賞你一點小費，酬謝你的苦心。

哇，太感謝了。

多多向朋友推薦我哦。

很好。

內心掙扎表演得很好。

大家先集合在一起，然後進行下一場練習。

再兩人一組，表演極短劇吧？蕾安和貝絲？

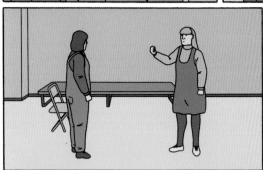

別亂拿！

把玩具收拾好。房間被妳搞得亂七八糟。

好。

晚餐吃酥炸魚條好嗎？

我最愛吃酥炸魚條。

過來，蜜糖。

嘿咻！妳長大了。

哈哈。

妳今晚想玩哪一幅拼圖？

紐約天際線的那一幅。

好，放我下來。

怎麼了？

給我一點空間啦，媽！

有人在耍性子囉。是不是該睡了？

我又沒耍性子，只不過是表達自我而已。

再調皮，妳爸爸回家知道的話，妳就慘了。

我爸爸。

不要再提我爸爸了，一個字也不要。

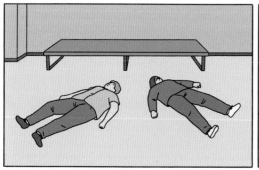

很得我心。
這樣演,很能擺脫拘束。

我搞不懂。他們為什麼躺在地板上打滾?

差不多像詮釋舞蹈之類的,對吧?
像內心運動。

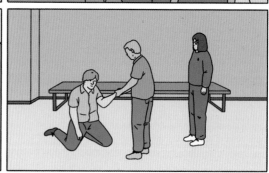

演得很棒,各位。我欣賞大家開放心胸,勇於示弱。
關鍵就在這點。

短短三星期以來,大家都有進步,
希望大家都能自我體會到。

進入正題之前,我們來一點基本練習。

這叫作「你講的話令我覺得…」。

這也是雙人練習,第一人可用宣言、提議
或指控來開場。基本上就是起個頭。

開場可以說「我已經不愛你了。」也可以是
瑣碎小事,例如「你知道該走哪條路嗎?」

第二人回答時說,「你的話令我覺得…」
覺得怎樣,你自行發揮,然後附帶幾句。

第一人的回應是「你的話令我覺得…」
自由發揮,然後多講幾句。

就這樣言語交流。這種練習雖簡單,
卻能營造出扣人心弦的場景。

好，大家配對吧。

可以讓我試試看嗎？

對不起，馬科斯，我們溝通過了，你要待在角落自己玩。

我們不介意。有你加入也好。

哦，好吧，你不反對就好。

我們讓馬科斯搭配⋯妳來吧，貝絲？

其他人各自找個搭檔。

欸，你還好吧？剛才演得滿激烈的。

剛才很棒。妳看得出我在演什麼嗎？

看不出來，丹尼斯。我好擔心。

擔心什麼？

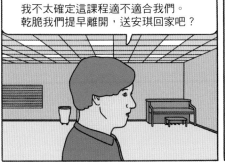
我不太確定這課程適不適合我們。乾脆我們提早離開，送安琪回家吧？

妳的話令我覺得妳不支持我。

安琪，妳願不願意跟我搭檔？

我找不到搭檔。 哦，對。

好吧，我打破自己訂的規則。
我們可以一起練習。

好。 太好了。

不限定只演一幕。可以調換開場順序。放鬆心情。
怎麼練習都不算錯。

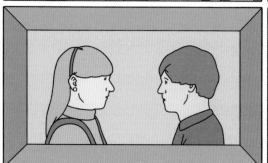

妳好像在
煩惱什麼。

對，我只是。
唉，算了。

妳的話令我感受到撫慰。我很高興跟妳聊。

妳的話令我心生希望。
我們可以攜手挺過這一關。

妳的話令我覺得和妳心心相映。
要不是妳幫我，我真不曉得怎麼辦。

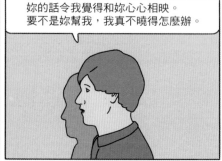

妳的話令我覺得深受鼓舞。
身為治療師，我最大的喜悅之一是協助人度過危機。

妳的話令我悲哀到不得了。

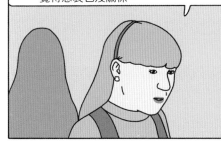
妳的話令我感同身受。這過程非常艱辛。
覺得悲哀也沒關係。

妳的話令我覺得失望。我可能把自己
關進了有害身心的狀況裡。

妳的話令我憂心。妳再講仔細一點。

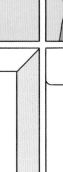

我怕你。我認為你有邪念。

你的話令我感到震驚。我一直盡量善待你，
不曉得你覺得我哪裡不對勁。

你的話令我覺得不舒服。我本來不想提，不過既然
這話一出口，我也收不回來了。

你的話令我覺得希望渺茫。我請你務必教我
如何改變你的意見。我不能再這樣下去。

你的話令我覺得被批判。我覺得我已經
說出個人觀點，你卻聽不進去。

你的話令我覺得我快瘋了。感覺好像這
難題沒正解，你的目的是傷害我。

你的話令我覺得灰心到了極點。我活到這年紀，
從沒傷害他人的意思，而我對你這指控很反感。

你的話令我心裡產生一股深沉的絕望。
我不曉得怎麼辦。

171

你的話令我產生憐憫心。
我對你沒話好說了。

好。

哇，演得好！

可能是你最精湛的演出。

謝謝你。

這次換你，你來起個頭。

我不得不提，妳簡直脫胎換骨了。

你的話令我心生感激。我覺得自己進步滿多的。
我很高興有人注意到。

妳的話令我感到樂觀。
我覺得我也學到不少東西。

你的話鼓動了我的意志。我很慶幸
我們能一起學習。合作很重要。

妳的話令我覺得雀躍，妳用詞強烈澎湃。

你的話對我有所啟發，你用語隱含著詩意。

妳的話令我受寵若驚。
我只不過是把妳的光彩反彈回去給妳。

你的話令我覺得滿足。
我覺得滿面春風，得意自在。

妳的話令我覺得自己很堅強，
很有自信。

你的話令我產生同感。

我快
死了。

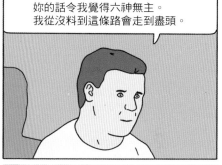

妳的話令我覺得六神無主。
我從沒料到這條路會走到盡頭。

你的話令我產生很多想法。我這輩子
一直耗在河邊睡午覺，坐失太多光陰了…

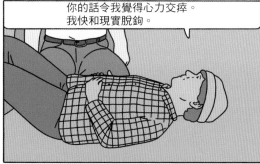

妳的話令我覺得難過。妳的成就太多了。

你的話令我覺得後悔不已。
我死後，你就把我的東西全扔掉吧。

妳的話令我心痛。我要妳活在我心裡。

你的話令我覺得心力交瘁。
我快和現實脫鉤。

妳的話令我覺得惶恐。
我早就覺得孤單害怕了。

你的話令我心安。
我準備被帶離人間了。

不要，拜託，
還不是時候…

你的話令我覺得…

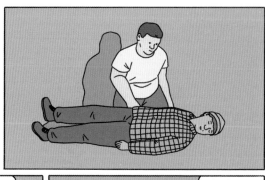

哇，很特別。

你演技不錯。

妳也是。

你起頭。

不要。妳是大人，妳起頭。

你的話令我覺得自己像特大號。

妳的話令我覺得自己像一顆流星。

你的話令我覺得自己像一道等著上漆的牆。

妳的話令我覺得自己像一艘沉在海底的輪船。

你的話令我覺得自己像一碗爛水果。

妳的話令我覺得自己像被人從動物園放走的大象。

你的話令我覺得溫馨舒適，
像一隻下地獄被火烤的玩具熊。

妳的話令我覺得自己像車子飆太快，
衝出地球邊緣，射進太空。

你的話令我覺得自己像一台
沒人會彈的大鋼琴。

妳的話令我覺得自己一百歲了，
活到悶得半死。

你的話令我覺得我是躲在你床下的怪獸。

妳的話令我覺得我是一支鐵鎚，
一發狠，能敲爛妳牙齒。

你的話令我覺得我像保姆。

我又不是
小寶寶！

哈哈。你玩輸了。

我想送妳一個禮物。

你的話令我覺得快樂。你太體貼了。

妳的話令我覺得滿足。
我喜歡為人服務。

你的話令我覺得愧疚。
我沒東西回報你。

妳的話令我覺得滿意。
我不期望回報，妳的好意我心領了。

175

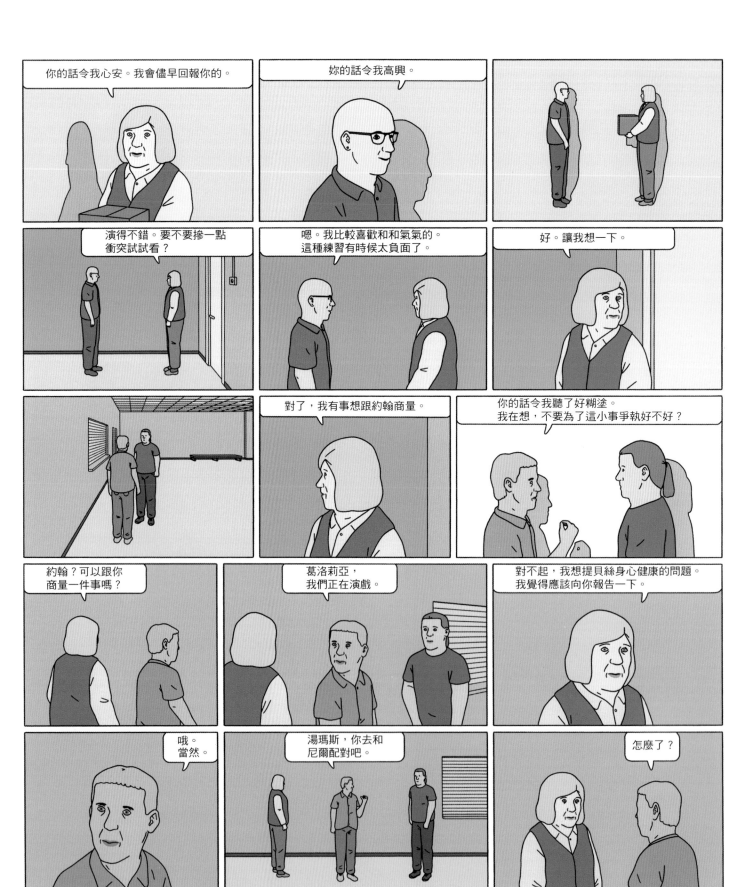

可以直話直說嗎？

可以。我們去找個安靜的地方。

我想送你一個禮物。

哇…

你的話令我覺得好快樂。
這對我的意義是無比重大。

你的話令我覺得欣慰。
我立志要散布愛心和正能量。

要不要我打開看？

哦。用不著。

我太興奮了。我想
讓你看看我的表情。

沒東西。

所以我才想對你表達
我在擔心什麼。

我懂了，謝謝妳。

我不確定這環境適合我們。
她的醫生認為,上這課可能導致她失衡。

我很好奇。
醫生另外還說了什麼?

醫生叫我留意她言行上的劇變,
要我隨時通報。

嗯,我絕對想為貝絲著想。

不過,看看現在的她。她很快樂。
也許無形中,上課的經驗對她有幫助。

我認為,我們最好退出這門課程。

沒關係。

希望你別難過。這工作有些人做不來。

能不能給我機會,讓我證明妳的想法有錯?
能不能上完今晚這一堂,讓我勸妳回心轉意?

…

如果我發現她有異狀,
我要趕快帶她回家。

那我也無話可說。

好了!大家集合吧。

各位的表現都很傑出,我先感謝大家一聲。
這是我的榮幸。

今晚最後要練習不間斷即興演出。
我認為大家都能上陣了。

這種練習從頭到尾不間斷，演員要全程入戲，故事要有層次。沒有規則。主題不限。

你可能要在同學之間摸索一陣子，才找得到定位，這沒關係。

開始跟人互動之前，先盡量花時間搞清楚自己的角色。

我先聲明，可能會有好幾個場景同步進行，視情況偶爾可能互相交錯。

交錯的話也不必太擔心。一旦界限建立好了，一切都自有定位。

我保證，你們會赫然發現自己能輕易瞭解同學的肢體語言。

你們將可以從對方眼神直覺到雙方的關係。

他們可以是你的配偶、修車師傅、路人甲、最險惡的仇家。不需說明，就能自然衍生情境。

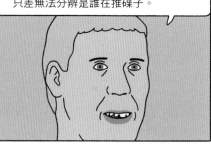

就當成在玩碟仙吧。你們都在講故事，只差無法分辨是誰在推碟子。

明白了嗎？

我另外要加入一個元素。

這練習法我教了好幾年，偶爾會發現，加個配角，故事才走得下去。

所以，我會在教室裡遊走，監看大家的進程，看情況參一腳，扮演配角。

你們每人只限演一個角色。其他的角色由我填補。

有沒有問題？

我們怎麼知道什麼時候結束？

這一次，我會照時間下課。我保證。

馬科斯怎麼辦？

嗯。

我可以提早帶他回家。

不必不必。這樣吧，妳們就飾演一對母子，兩人都能參與練習，妳也能盯緊他。

可以嗎，馬科斯？我們只是學小孩玩家家酒，所以你其實是全班最合適的人選。

聽起來好好玩哦。

好。大家稍微站開一些。

閉上眼睛，從 1 數到 30，讓大腦淨空。

眼睛一睜開，戲開始上演。

有人在嗎？

我在！

不好意思，我沒聽見你開車過來。

能幫你什麼忙嗎？

我想找我姊姊家。

她住在楓湖邊。對不對？

這地址我很清楚，我有個朋友就住那邊。

對。就這樣走。從這裡往南，再開差不多 40 哩就到。

好。

不過，如果妳去湖邊想走捷徑，可以在 6 號公路左轉，開進垂蒙路。

路口有棟藍色的房子，很顯眼，幾乎篤定看得見霍華德小姐坐在屋外。

順著「松林鎮」的路標一直走，最後到朗恩路，右轉就是了。這樣能省下 15 分鐘。

我就照你的路線去開吧，謝謝你。

再會。

妳還想買嗎？

盧！

妳到了！

終於。這麼晚才到,不好意思。
路很難找。

嗨。

見到妳真好。

哇,這是妳家呀?

馬科斯等了妳一整天。他好興奮。

真的?

蘿希
阿姨!

哦!嗨,
底迪。

哈哈。

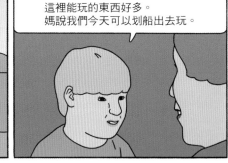
這裡能玩的東西好多。
媽說我們今天可以划船出去玩。

明天再說吧?
晚餐時間就快到了。

不急。你這套衣服
真可愛。

好。我帶妳
走走看看。

想留在外面，還是進來？

這麼看來，妳喜歡住這裡？

我好愛這裡。

奇怪。妳不是說，妳討厭自己在偏僻的鄉下長大。

呃，妳和我還小的時候，我的想法亂七八糟的。跟爸媽一起生活的那段，妳還記得吧？

妳講講看吧？

哈哈。對。我不必告訴妳吧。

也對。

我覺得，馬科斯的日子好幸福。

我不敢相信。搬來這裡，他簡直變了一個樣。

大概這裡正是他需要的環境吧。

什麼意思？大自然嗎？還是安靜的環境？

都有。

那邊的燈光是什麼？

湖的對岸有幾棟大豪宅。

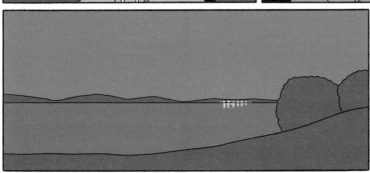

奇怪，從這裡看，感覺遠方有一整座城市。

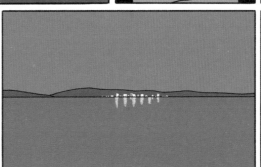

妳跟彼得的情況怎樣？

彼得？

妳好像對他動了真情。

哦。

不知道。

我本來以為妳想帶他一起來。

我覺得跟他沒那麼親密。

好可惜。

對。好可惜。

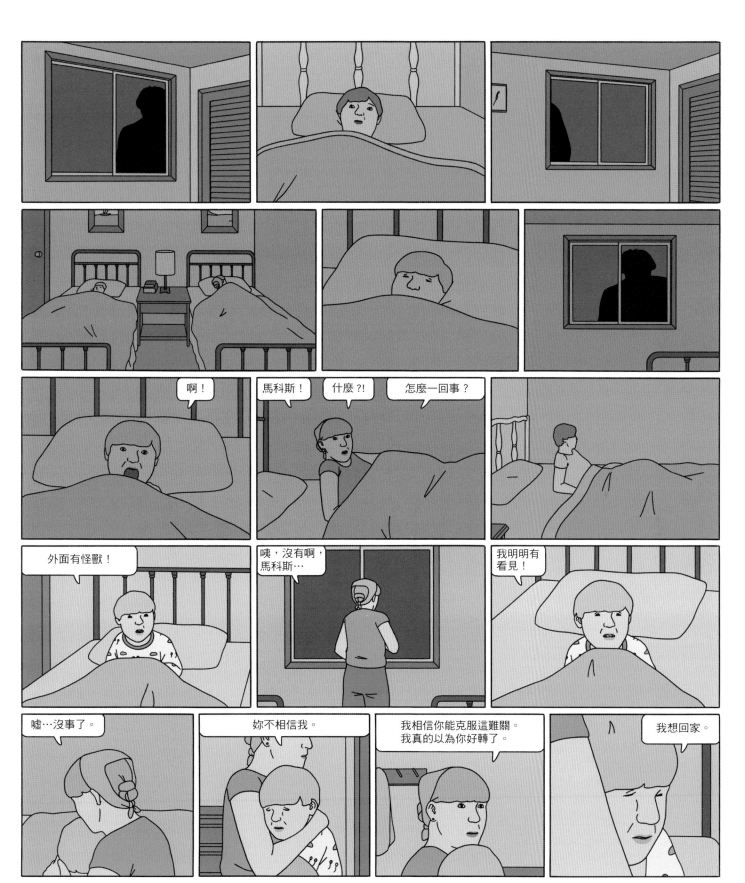

氣氛很不錯，對吧？

對。真的很美。

這裡有龍蝦彎管起司。

嗯。

哪道菜好吃？

咦？

怎麼了？

這裡好多人。

對啊。附近只有這家餐廳。

嗯，既來之。想不想合喝一瓶葡萄酒，盡情享受一下？

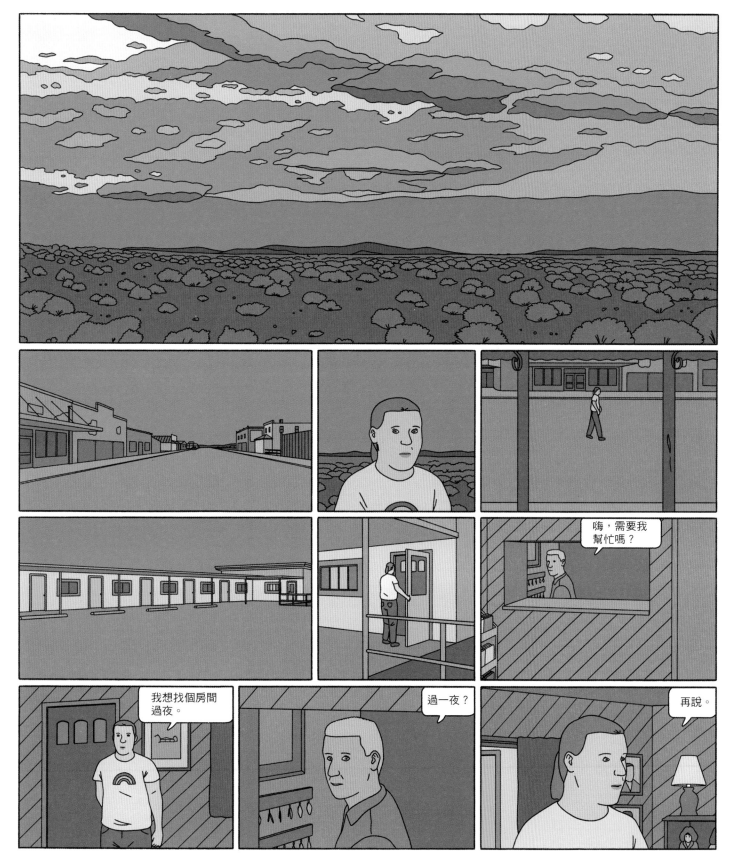

噢，老哥，夜還沒深，你就想走啦！

沒關係，改天見。

欸，湯瑪斯…

一起坐吧。

呵。

你想聊什麼？

哈，不知道。

我想聊聊你來這裡的目的。

哦，我只是路過。

是嗎？想去哪裡？

我嘛，還不知道。只想往西走。

那可要走好久啊。看地圖就知道，周圍好一大圈都沒有一座像樣的鄉鎮。

我不趕時間，想欣賞鄉下風景。

哈哈，你的確找對地方了。

可以說是偏鄉心態吧，本地人平常都會關照自己人，所以我才不得不問個沒完，你能理解吧。

對，我完全能理解。

你明天就走嗎？

是的。

很好。

好了，我該去睡了。明天一大早想出發。

所以，我倆就像夜裡擦身而過的兩艘船，對吧，湯瑪斯？

算了，反正我不在意喝悶酒。永遠不再見。

湯瑪斯。

啊！

我一直在想…

想怎樣？

剛才在酒吧，你是不是瞧不起我？

哪有？
當然沒有！

在我看來，你是本鎮的客人。

客人要懂禮貌。要懂得尊重。而我卻沒感受到。
而且。非常。不爽。

你說得對。我很抱歉。
這裡不歡迎我。

呵…你只要正經一點。

好。
你說得對。

天啊。狗雜種。
正經！

喂！你想幹嘛?!

正經！

啊！
住手！

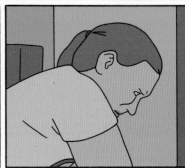

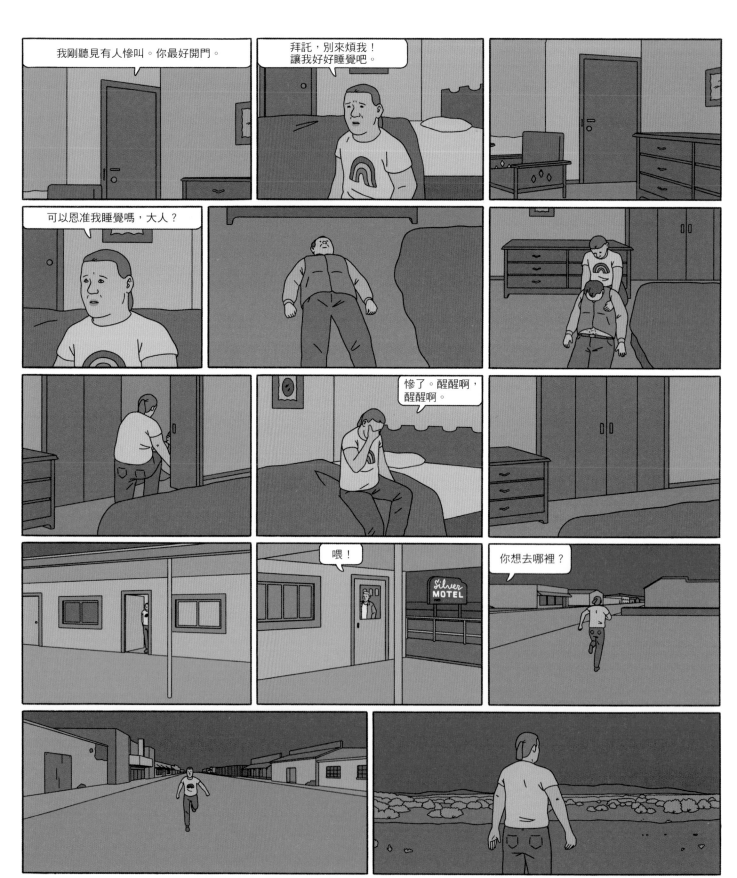

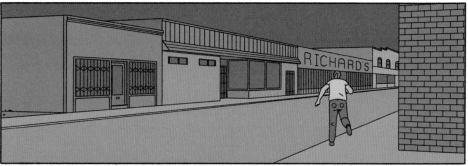

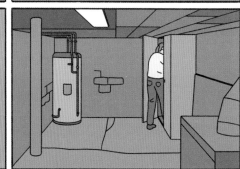

再久一點點。

嗯…吸…啊…

朋友,這是後果的滋味。

最後再把馬桶底座舔乾淨,把所有角落的污垢都舔掉。

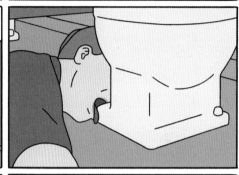

我帶你上床吧,甚至可以幫你蓋被子。

你下半輩子有啥打算,思考過嗎?

不知道。

你會在這種小牢房裡蹲到老死。受得了嗎,你覺得?

我可以盡力改過自新。

像你這種人,我見多了。你們死也不會改。

那,接下來呢?

我們陪你一直坐。

現在我當家,只等警長下令,然後再想辦法對付你。

早安。

哈囉。

丹妮耶爾！

嗨。

妳還在鎮上啊。一定很欣賞我們這座小鎮吧。有沒有決定住下來？

哦。我還不確定。先找到工作再說吧。

船到橋頭自然直，對不對？

對。

呃，很高興見到你。

妳好。我們彼此不認識吧？

我叫丹妮耶爾。

我叫吉姆‧巴恩斯，在高中教歷史。

很高興認識你。

什麼風把妳吹來鎮上的？
我很自豪的一點是，能見人就交朋友。

對了，我剛想到，我約了人見面。

不好意思。我急著走。

趕不及的話，我載妳一程！

謝謝，不用麻煩了。我轉個角就到。

妳約誰見面？是妳來鎮上的目的嗎？

對，只是拜訪一個朋友。
不好意思，我不走不行了。

好吧，祝妳今天事事如意！
沒事也要打個招呼哦。

妳好。
柯羅爾夫人。

哈囉，
吉姆。

托兒所

來接小孩嗎？

哦，不是。抱歉，今天只有你上班嗎？

只有我。妳是不是想找史黛芬妮？

不是。沒事了。
謝謝。

特色

洗衣店

抱歉，打烊時間一到，我不想讓人再進來。

哦，對。不好意思。

妳剛想問什麼？

妳這家店開多久了？

嗯…5 年吧？

哇。

那…

那…總而言之，我只是想問問那件衣服。

好。明天帶過來看看。

我會的，謝謝。

哦，上鎖了。

移動門閂就能開。

啊。

我不曉得妳正在忙什麼，也不知道妳下班有什麼規畫，我只是想問問，要不要一起去吃晚餐？

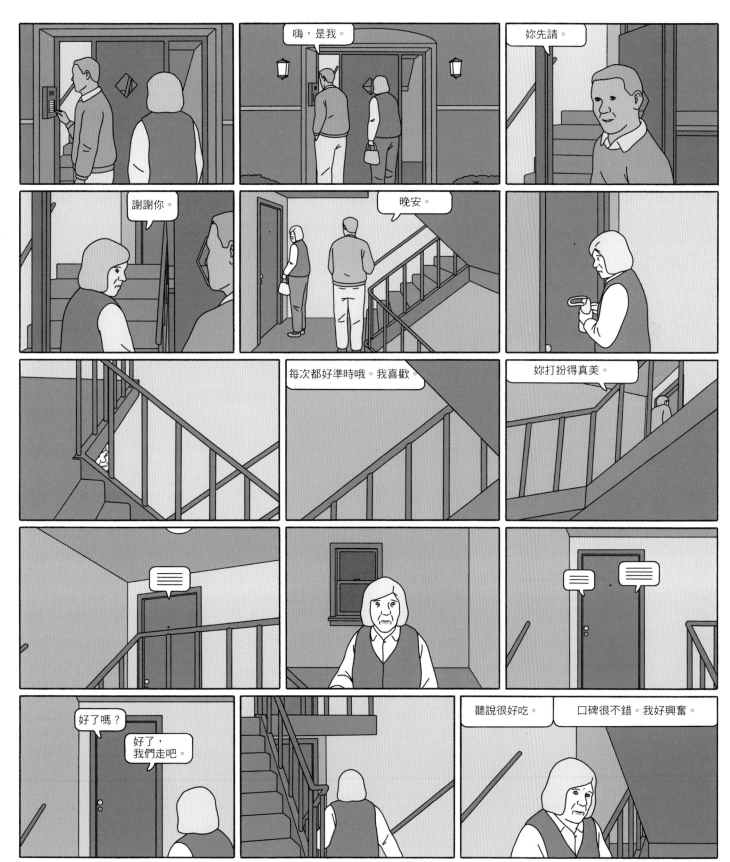

妳認識她？

不認識。

妳想幹什麼？

我認識二樓房客，過來領東西而已。

房客叫什麼名字？

呃，對不起。

夫人，請妳離開。

我沒有惡意。打擾到妳了，很抱歉。

我這就走。

天啊，我真不該讓她進來。

我不想出門了。

噢，真的？

我可以煮點晚餐。

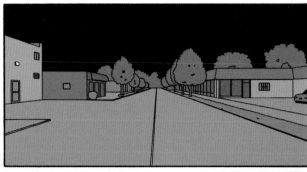

哦，
丹妮耶爾！

嗨。

我是
葛洛莉亞。

很高興
見到妳。

等一下。妳是我見到的頭一個熟面孔。

妳別介意，我現在真的不想被人干擾。

拜託，我是葛洛莉亞啊。表演課的學員。

葛洛莉亞。對不起。

我今天過得
很不順。

我也是。

妳有見到其他同學嗎？

只有貝絲。

她在哪裡？

我想跟她講話，卻把她嚇跑了。她不認識我了。

她身邊有個男人。

有個男人？

對。

是約翰。

哦。對。

我講錯了。

我考慮離開。

想去哪裡？

我不想再上課了。

哦。

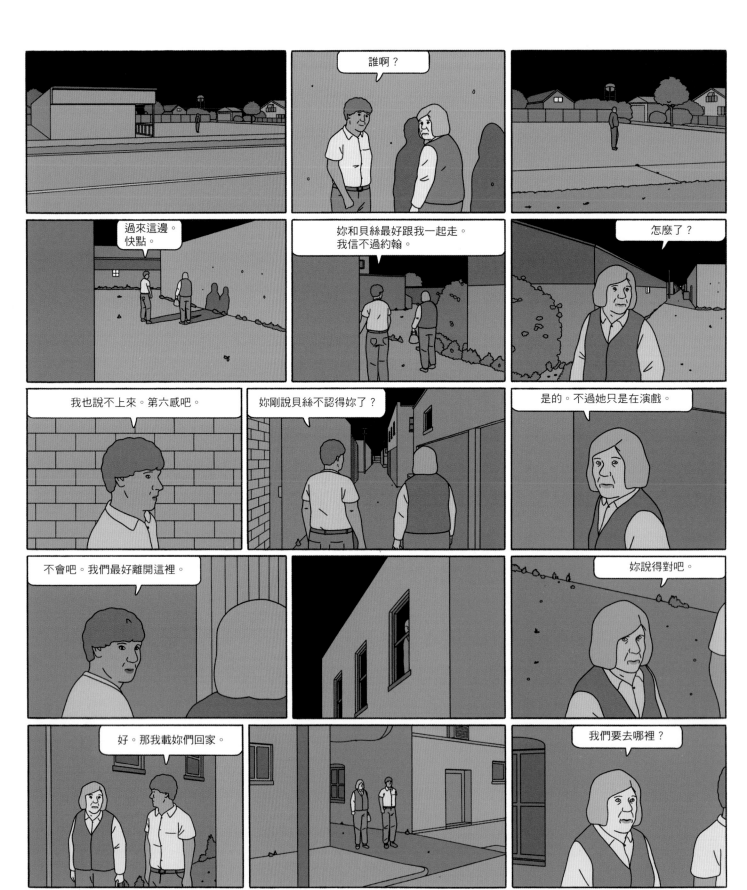

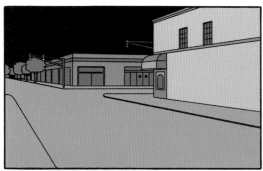

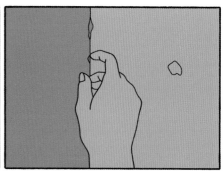

哼。

見到誰了嗎？

一個人影也沒有。

看。

嗨，約翰！我們想走了！

同學都去哪裡了？

好奇怪。

我們站的是人行道嗎？

是的。

等一等。

我在指什麼？

冰淇淋店。

糟糕。

怎麼一回事？

我們怎麼會來到這地方？

開始練習時的情形，妳現在有印象嗎？

全班都在教室裡。我開始兜圈子走。

然後我想像自己搭火車，坐了好久，場景漸漸模糊。

然後就到這裡。

妳認為，我們來這裡多久了？

很難講。妳認為呢？

感覺好久好久。怎麼會發生這種事？

天啊，我不知道。

我們最好去找貝絲講清楚。
她變得很迷惘。

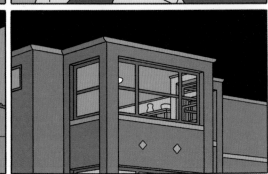

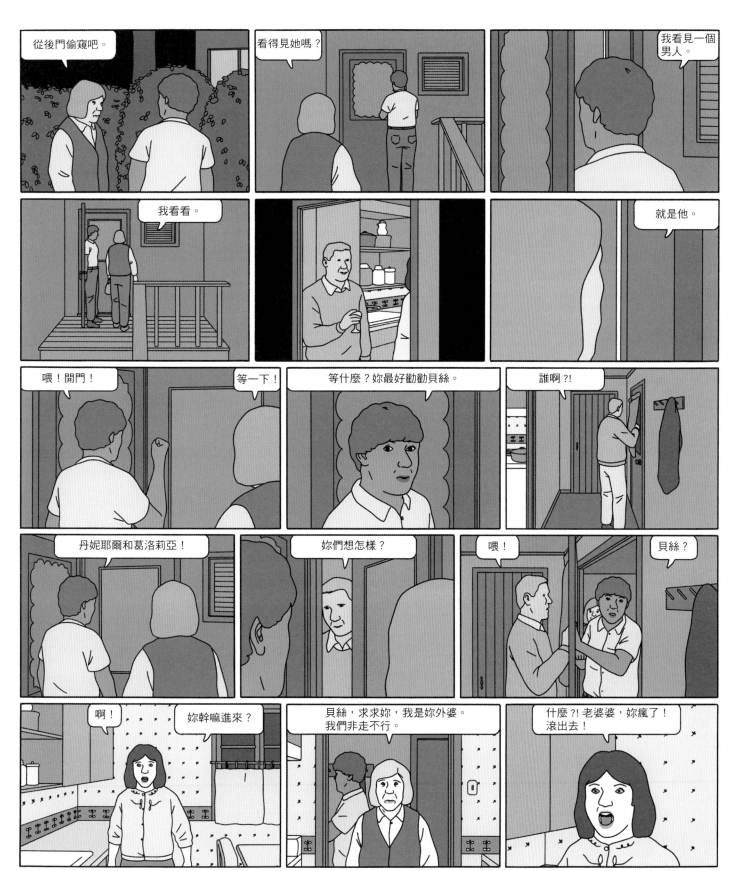

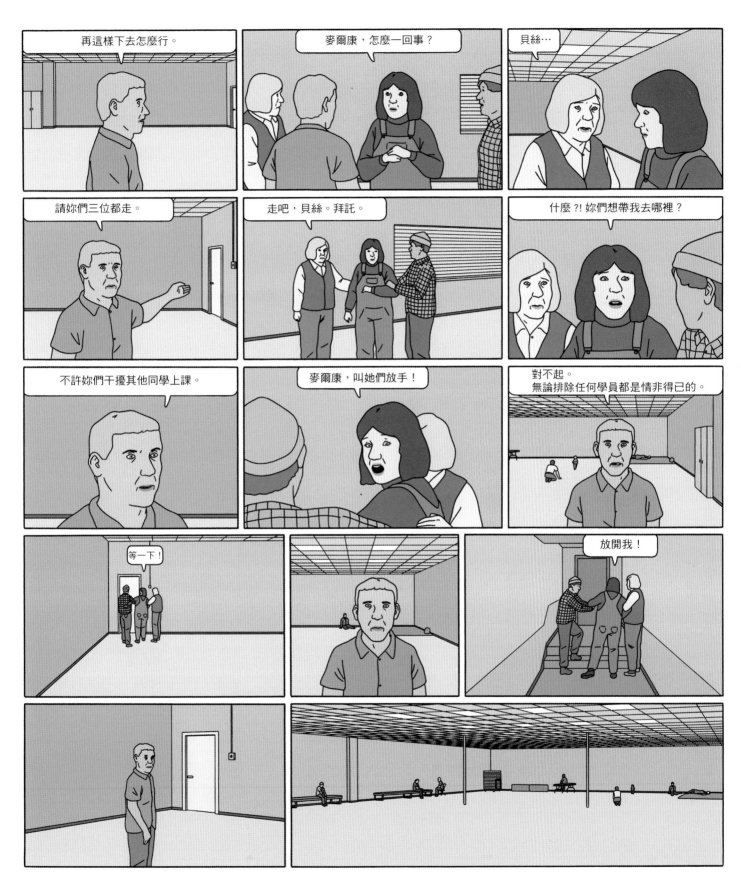

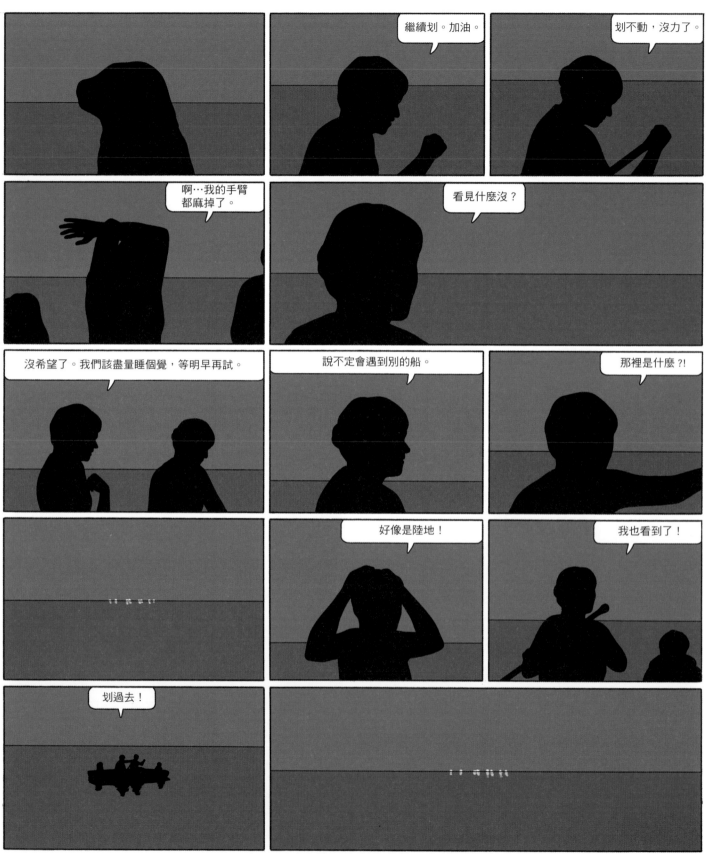

我受寵若驚。謝謝索科爾先生的讚美。

怎麼說呢？

我在這一行學習了不少東西。

最重要的一項是，成功的關鍵在於創新。

而創新正是我想提的第一點。

我們活在前所未有的年代，覺得無所適從，紛爭也多。

但是，如果你足智多謀，就能擁有無限契機。

嗯。早知道就準備小抄。

我可以對各位直言不諱，用不著打馬虎眼。

各位都明瞭，當前情勢無限好。

無論在業內或業外，我們都領導全球，已達到短短 10 年前無法想像的業績。

接下來幾十年，我們勢必能重塑全球的景觀，這可不是比喻的說法。

我的團隊正在蒙古國進行一項超級振奮人心的計畫，請各位拭目以待。

愛沙尼亞也有多項令人期待的開發案。西非也有潛力。

我才剛去玻利維亞實地勘查回來。

另外，我也在醞釀幾個想法，暫時不能談，明年可以陸續發布消息。

我所到之處，無不感受到滾滾熱情。我跟大家保證，需求高得很。

我不說，各位其實都知道。所以大家今天才齊聚一堂！

我說過，當前情勢令人振奮。大家一起動手，發揮作用力。

各位有什麼問題嗎？或者要我繼續講下去？

太精采了。我們求之不得。

你應該跟維多莉亞‧馬西尼談談。她的才華超高。我可以幫你牽線。

樂意之至。久仰她的大名了。

演講很精采，肯辛頓先生。

本公司想跟你談談合作計畫。我們正開始在塔爾薩近郊開發。

你見了數字一定眉開眼笑的。

再說再說。麻煩你跟我辦公室商量時間。

借你一下，講幾句。

你的表現太棒了，我們非常感激。

是我的榮幸。

最高層想再多犒賞你一點。

他們想表達感激的心意。

哇。請代我謝謝他們。

你一定急著回飯店吧。你明天一大早就走，對吧？

是的，好像是。

套房很舒服，不過如果出什麼問題，儘管打電話找我。

謝謝你，史考特。

我交代車子在樓下等你。還有 10 分鐘，你慢慢來。

*宮殿

241

妳在哪裡過夜？

不固定。

現在我幾乎都不睡覺了，頂多搭地鐵時打個瞌睡就夠了。

錢怎麼來？

湊合湊合。兩袖清風，日子很容易過。我肚子餓，不愁沒朋友請我吃一頓。

太好了。妳真的如魚得水。

打從第一堂課起，妳就火光四射。能徹底入戲的人真的很難找。

對。很厲害吧？

嗨，安琪。

嗨。

她是誰？

我朋友納特莉。這位是約翰。

哦！安琪常提起你。

幸會。

妳們什麼時候認識的？

242

我想想看。第二堂課的時候。

不可思議。

可以了嗎？

妳們想去哪裡？

我想開我的船屋去遊湖。

看吧？不愁沒地方過夜。

我瞭解。

你有搭船夜遊的經驗嗎？
簡直像浮沉在太空中。

聽起來很愜意。

歡迎你也來。

不了，妳倆去玩個開心吧。我有幾件事要做。

改天見囉？

好。一定。

很好。

對了，這杯我請客！
不用擔心。

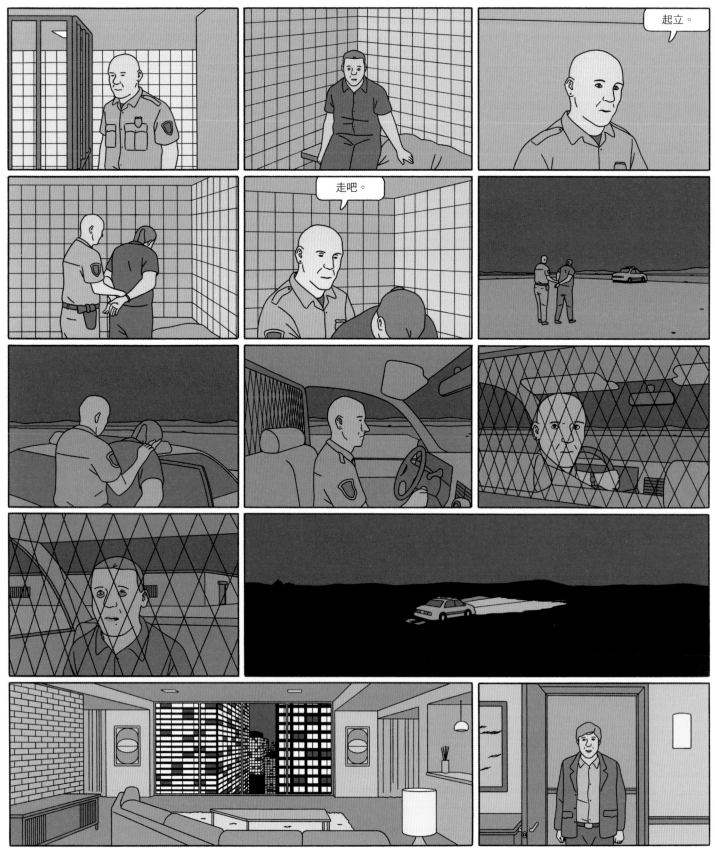

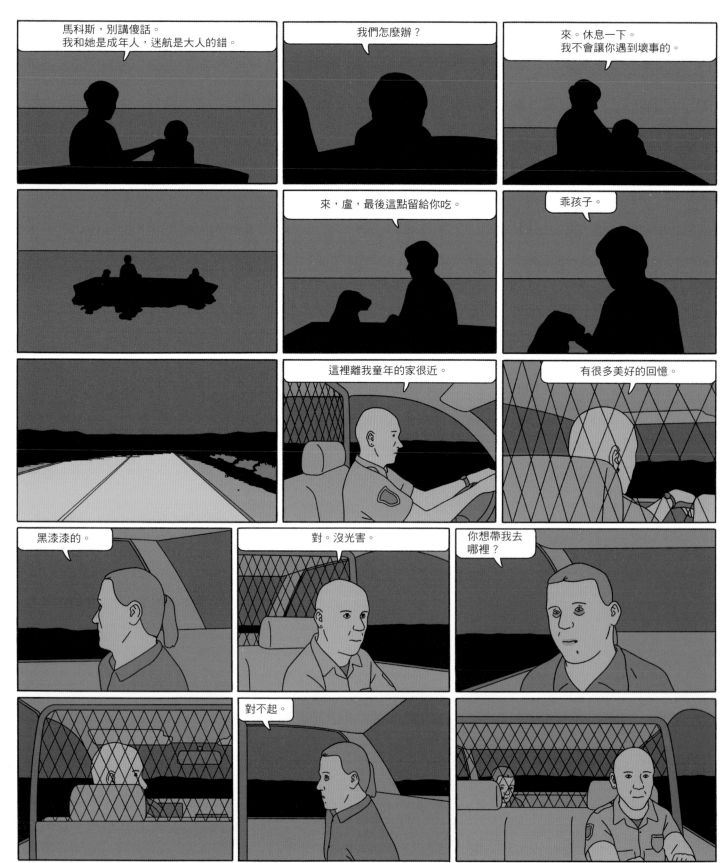

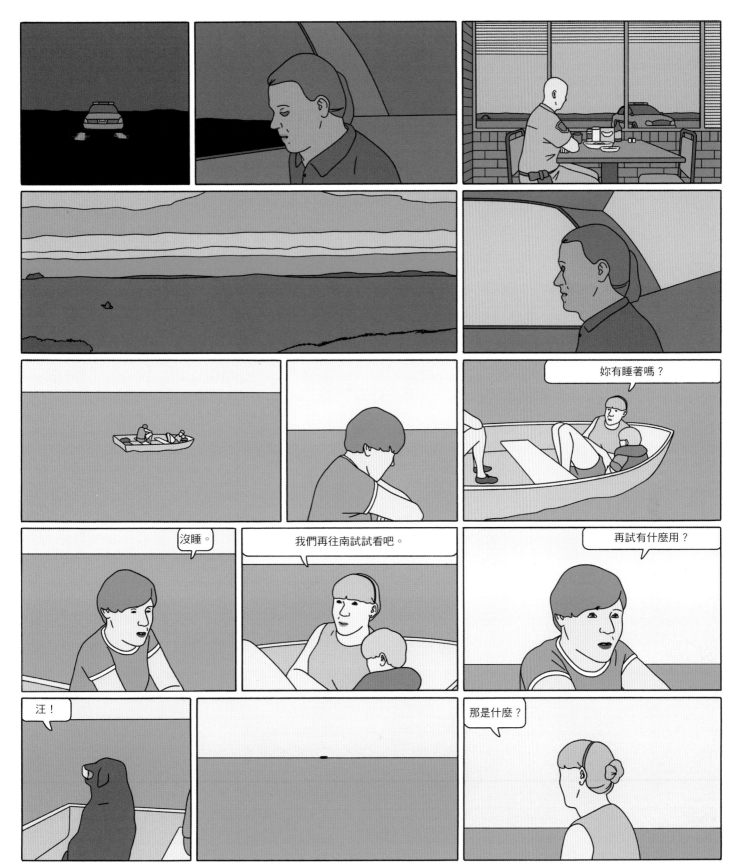

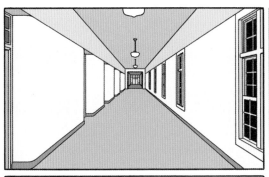

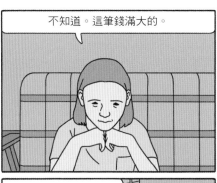
妳覺得怎樣？

不知道。這筆錢滿大的。

我們可以再計算看看。
妳一輩子可以進帳好幾千美元啊！

我的一輩子…

妳們兩個在聊什麼？

天大的投資良機。

不知道耶。我不知道。

貝絲，我不是叫妳別再玩遊戲嗎？
看她苦惱成這樣。

海瑟，我帶妳上床去。

對不起，妳外婆來電說
她明天不能來看妳。

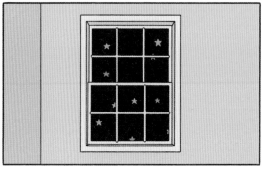
啊。

因為天氣不好。
她說她後天或大後天會來。

我會在這裡等她。

尼克・德納索生於1989年，童年居住伊利諾州帕洛斯丘，曾發表《BEVERLY》(2016)與《薩賓娜之死》(2018)，譯本已有16種，目前與妻和兩隻貓定居芝加哥。

THANKS: SARAH LEITTEN, TRACY HURREN, LING MA, IVAN BRUNETTI, MARGOT FERRICK, PEGGY BURNS, JULIA POHL-MIRANDA, TOM DEVLIN, ALISON NATURALE, MEGAN TAN, SHIRLEY WONG, TRYNNE DELANEY, KAIYA CADE SMITH BLACKBURN, REBECCA LLOYD, LUCIA GARGIULO, FRANCINE YULO, EMMA ALLEN, CHRIS WARE, ROB SEVIER, JASON RICHMAN, AND CHRIS OLIVEROS.

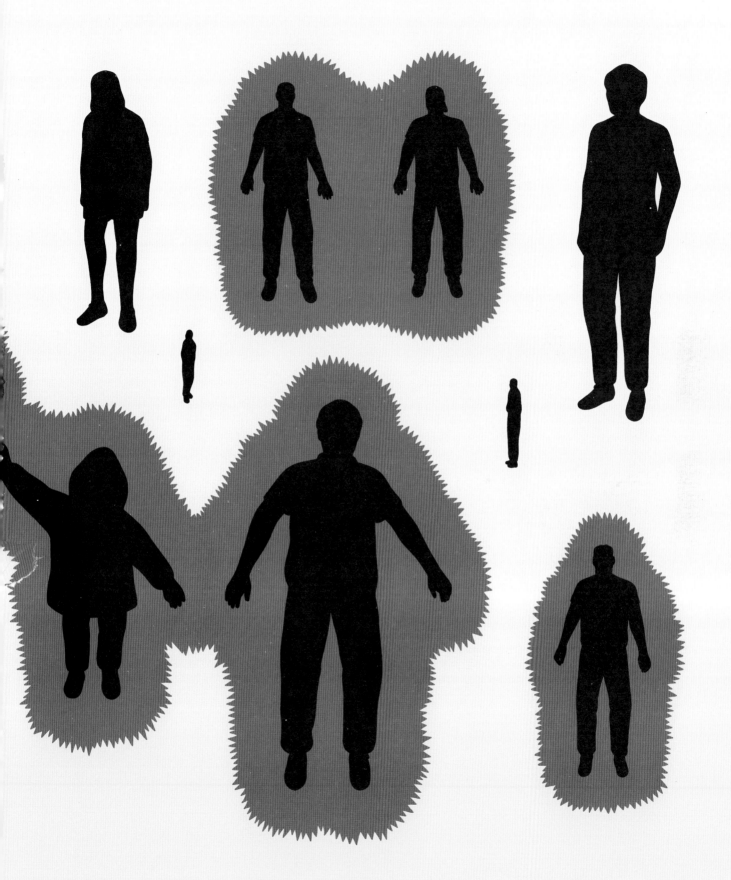